中公文庫

手習重兵衛

隠し子の宿

鈴木英治

中央公論新社

目次

第一章 7
第二章 78
第三章 156
第四章 255

手習重兵衛　隠し子の宿

第一章

一

唇が乾く。

胸が痛く、息苦しい。

うなじに汗が浮いている。

膝のあたりがもぞもぞし、かゆいような感じがある。

背筋を伸ばし、興津重兵衛《おきつじゅうべえ》は息を大きく吸った。

だが、そのくらいでは、心はなかなか落ち着かない。修行が足りないということだろうが、今日に限っては致し方ないところがある。

なんといっても、この手習が終わったら、いよいよなのだから。

いま何刻《なんどき》だろうか。じき九つになるのではないか。

と思ったら、鐘の音《ね》が響きはじめた。あれは、白金村《しろがねむら》のはずれに建つ典究寺《てんきゅうじ》の鐘である。

重兵衛は、机の上にひらいている『農隙余談《のうげきよだん》』から目を離した。

こぢんまりとした庭の木々が、ゆるやかな風に揺れている。穏やかな陽射しが、濡縁《ぬれえん》の向こうにあふれていた。

重兵衛は静かに目を閉じ、鐘がいくつ打たれるか、数えた。

そうするだけで、不思議と気持ちが落ち着いてくる。

三つの捨て鐘のあとに、四つ打たれて音《ね》は風にさらわれるように宙に消えていった。

それからは、いくら待っても、きこえてこない。

まだ四つなのだ。

重兵衛は唖然《あぜん》とした。嘘《うそ》だろうという気がした。先ほども四つの鐘が鳴ったのではないか。

だが、鐘を打つ者がまちがえるはずもなかった。

今日は、ときの進みが異様に遅い。誰かが堰《せき》をつくり、時間の歩みをとめてしまっているのではないか。

だからといって、手習が終わるのを待ちわびているわけではなく、重兵衛にはこの時間を大切にしたい気持ちが強い。

　この手習が、決して手抜きにならないようにしなければならない。そうでなければ、毎日、一所懸命に通ってきている手習子たちにすまない。

　そんなことを考えているあいだは、全身を覆っている緊張もゆるんでいた。だが、それも束の間にすぎなかった。

　いつしか喉《のど》の渇きを覚えている。額がじっとりと濡れていることにも気づいた。反面、唇はかさかさに乾いている。

　重兵衛は机の端に置いた手ふきで額をふき、舌で唇を湿らせた。

「あっ、また」

　耳に飛びこんできたのは、女の子の声である。

　重兵衛はそちらに顔を向けた。

　朝日を弾く海のようにきらきらとした目にぶつかる。

「お美代《みよ》、どうした」

「どうしたじゃないわ」

　机の上の『農隙余談』に手を添えたまま、お美代が小さく頰《ほお》をふくらませる。

「さっきからどうしてお師匠さん、汗をふいたり、口をなめたりしているの。もうずっとよ」

「そうだよ、お師匠さん。どこか具合が悪いんじゃないの」

声を添えたのは、お美代の隣に天神机がある吉五郎《きちごろう》だ。

「風邪《かぜ》を引いたの。お医者に行ったほうがいいんじゃないの」

お美代がちらりと吉五郎に視線を向けた。首をゆっくりと振る。

「相変わらず、あんた、馬鹿ね。お師匠さんはくしゃみや咳《せき》もしていなければ、鼻水も垂らしていないでしょ。風邪じゃないのよ」

「そうか、風邪じゃないのか。じゃあ、別の病だな。腹痛《はらいた》とか。昨日の晩、きっと悪いものでも食べたんだよ」

お美代が情けなさそうに、また首を左右に揺らした。

「ほんとにあんた、おつむが悪いわね。あたまのなかは空洞でしょ」

「空洞なんかじゃないさ。ちゃんと詰まっているよ」

吉五郎が自らの頭を拳《こぶし》で叩いてみせる。こんこんという音がした。

「変に鈍い音ね。中身が腐っているんじゃないの」

「腐ってるなんてことがあるか」

「あんたの頭から酸っぱいにおいが立ちのぼっていようといまいと、そんなことはどうでもいいけど、お師匠さんが悪いものを食べるわけ、ないでしょ。石でも木の葉でも芋虫でも、なんでもおなかに入れちゃうあんたとは大ちがいなんだから」

「芋虫は一度しか食ったこと、ないぞ」

「一度食べれば十分よ。——お師匠さん、どこも痛そうにもしていないでしょ。顔色だって悪くないわ」

そうだよなあ、といって吉五郎がまじまじと重兵衛を見る。

「むしろつやつやてかてかして、いいよなあ」

重兵衛は、そうかな、と思って頬をなでてみた。

「ねえ、お師匠さん、なにか心配事でもあるんじゃないの」

お美代が瞳をきらりとさせてたずねる。

吉五郎が、負けじと天神机の上に上体を乗りださせた。

「ねえ、どんな悩みなの。お師匠さん、ほんと、尻《しり》の据《す》わりが悪いみたいだよ。そわそわしているもの」

「お師匠さんがそんなだと、おいらたち、ほんとに心配になっちゃうよ」

口から泡を飛ばすようにいったのは、進吉《しんきち》である。おとなしすぎる男の子で、こんないい方をするなど、滅多にあることではなかった。

「いつも凪《な》いだ海みたいにゆったりと包みこんでくれるお師匠さんなのに、今日は全然ちがうんだもの」

これは、吉五郎と仲のよい松之介《まつのすけ》がいった。以前、この二人はいがみ合っていたが、重兵衛が思いきり喧嘩《けんか》させたことで、最も親しい友垣になった。

今は、この教場にいる全員が重兵衛を見ている。墨のなすり合いをしていた二人も、障子《しょうじ》を蹴破《けやぶ》りそうな勢いで相撲《すもう》を取っていた者たちも、手をとめてじっと見入っていた。

この教場には五十人ほどの手習子が、縁なし畳に天神机を並べて座っている。ほぼ半々の男の子と女の子は、きれいに左右に分かれている。

男の子と女の子の机と机のあいだが広めに取られ、道のように教場をまっすぐに突っ切っていた。

「すまぬ」

重兵衛は頭を下げた。

「皆に心配をかけるつもりなどなかったのだが」

「ねえ、お師匠さん、本当にどうしたの」

お美代が、気がかりの思いをあらわにさらにきいてきた。

「やっぱり具合が悪いんじゃないの。お師匠さん、病なんだよ」

吉五郎が叫ぶようにいった。

重兵衛は穏やかにかぶりを振った。

「お美代のいうように病ではない。どこも悪いところはない」

「じゃあ、やっぱりお美代の馬鹿のいったように心配事でもあるの」

「馬鹿ってなによ。あんたのほうがよっぽど馬鹿じゃない」

「馬鹿はお美代のほうさ。決まってるだろうが」

「決まってるって、いったい誰がそんなこと決めたのよ」

「御上《おかみ》さ」

「御上が、あたしが馬鹿って決めたの。そんなことというあんたって、お子さまとしかいいようがないわ」

「ああ、そうさ。おいらは立派なお子さまだよ。それがどうかしたか」

「ばーか」

「おい、二人でいい合いしてる場合じゃないだろ」

松之介がお美代と吉五郎をたしなめる。

「ああ、そうだったわ。お師匠さんのことだったわね」

お美代と吉五郎が同時に顔を向けてきた。

重兵衛は軽く息を吸った。

「心配事ではないな」

「だったら、なんなの」

苛立《いらだ》ったように吉五郎がいう。

「はっきり答えないなんて、お師匠さんらしくないよ」

いってしまおうか、と重兵衛は迷った。かわいい手習子たちに、秘密にしておく必要などないのではないか。

「実はな――」

「わかった」

お美代が大声をあげた。

「お師匠さんがそんなに悩むなんて、女のことでしょ」

「女だって」

吉五郎が腰を浮かせる。

「お師匠さんの女っていったら、おそのさんじゃないか」

「お師匠さん、もしかしたらうまくいってないの」

「なんだよ、お美代。お師匠さんがおそのさんとうまくいってないのが、うれしそうじゃないか」

　お美代がにっと笑う。

「そんなこと、ないわよ」

「その顔は、うれしがってるって思い切りいってるぞ」

「お師匠さん、おそのさんのことなの」

　進吉が二人にかまわず問うてきた。

「うむ、そうだ」

　重兵衛はごまかすことなく答えた。

「心配事じゃないっていったけど、それはおそのさんとうまくいってないということじゃないよね」

　進吉が続けてきいてくる。

「うむ、皆のおかげでうまくいっている」

　この言葉を耳にして、お美代が頰をふくらませる。

「お美代、残念だったな」

　吉五郎がにんまりと笑いかける。お美代の頰がさらに大きくなった。

「それなのに、どうしてお師匠さん、緊張しているの」

進吉がなおもたずねる。

重兵衛は深い呼吸をした。

「今日の手習が終わったら、挨拶《あいさつ》に行くことになっているからだ。さすがに平静ではいられぬ」

「なんてこと……」

お美代が呆然《ぼうぜん》と声をあげる。

「おめでとう」

進吉が祝福の言葉を真っ先に口にした。

「お師匠さん、よかったね」

吉五郎がひときわ大きな声を発する。

「おそのさんも今頃、どきどきして待っているだろうね」

これは松之介がいった。

他の手習子たちも口々に祝ってくれた。誰もが満面の笑みだ。

お美代も、おそのちゃんが相手では仕方ないか、という顔つきになった。

「お師匠さん、祝着至極に存じます」

天神机に指をついていう。重兵衛は目を細め、頭を下げた。

「ありがとう」

「でもお師匠さん、どうしてそんな大事なことなのに、お休みの日にしなかったの」

きいてきたのは、吉五郎だ。

「そんなの、決まっているでしょ」

お美代が強くいった。

「今日が大安吉日だからよ」

「ああ、そういうことか」

吉五郎が納得する。お美代のいう通り、今日は大安である。おそのの父親である田左衛《たざえ》門《もん》のもとに正式に挨拶に出向くのには、格好の日だ。

しかし重兵衛には、今日でなければならない理由がもう一つあった。

「お師匠さん、本当によかったわ」

お美代がさばさばとした口調でいう。そんなお美代を、吉五郎や松之介が意外そうに見つめている。

「でもね」

お美代が思わせぶりに言葉を切った。

重兵衛は黙って続きを待った。お美代はまだ八つだが、賢くて、大人びたところがあり、鋭い意見を口にすることがしばしばある。

「でも、なんだよ」

待ちきれずに吉五郎が急《せ》かす。

「相手は女だから、そうそううまくいくはずがないわよ」

「お美代、縁起でもないこと、いうなよ」

松之介がたしなめる。

「お師匠さん、これから祝いの席に行こうとしているんだし」

「ごめんなさい」

吉五郎とは異なり、お美代が素直に謝る。

「なんだよ、おいらとずいぶん態度がちがうじゃないか」

「でもお師匠さん」

吉五郎の声がきこえなかったように、お美代が見あげてくる。瞳がしっとりと濡れているように見えた。

「男心と秋の空っていうけど、あれは本当は女心と秋の空じゃないかって、あたしは思っているの」

「じゃあ、お美代ちゃんはおそのさんが心変わりするっていうのかい」

進吉が驚いたようにきく。

お美代がゆっくりとかぶりを振る。

「そうはいわないわ」

一つ間を置いた。微笑する。

「でもね、男女のことだから、これからなにが起きるかわからないってことよ。好事魔多《こうず》しって言葉もあるしね」

喉に刺さった魚の骨、というほどではないが、最後のお美代の言葉が少し気にかかっている。

いくらまだ八歳とはいえ、お美代も女である。女の勘は、恐ろしいくらいによく当たるものだ。

しかし、と思って重兵衛は苦笑した。

ことここに至って、おそのと自分とのあいだになにかあるだろうか。おそのとの仲はうまくいっている。

今さらこじれるようなことがあるとは、考えにくい。

「重兵衛、来たぞ」

手習所の戸口のほうで、重兵衛の思いを断つようながなり声がした。

重兵衛は立ちあがった。身なりを見直す。黒羽織が目にまぶしい。これは、宗太夫《そうだゆう》のものである。

宗太夫は殺されてしまったから、許しを得て着ているわけではないが、重兵衛は、これは形見だと思っている。宗太夫のにおいがするようで、不思議と心が落ち着く。

袴《はかま》も足袋《たび》もはいている。こんな正装をしたのは久しぶりで、少し気恥ずかしさがあり、背中にうっすらと汗をかいている。

重兵衛は部屋を出た。

戸口のところに立っているのは、河上惣三郎《かわかみそうざぶろう》だ。北町奉行所の定廻り同心である。重兵衛と同じように黒羽織を着用している。黒羽織といっても、定廻りがいつも着ているものではなく、洗い張りをしたばかりのような折り目正しいものである。

やはり袴もはいている。ふだんは着流し姿で町々をめぐっているから、袴は久しぶりなのではないか。ややずんぐりした恰幅のよい体に、よく似合っていた。

重兵衛は笑顔になった。

「お待ちしていました」

惣三郎がにやっと笑った。

「俺が約束の刻限にちゃんと来るかどうか、気をもんでいたんじゃねえのか」

「いえ、そんなことはありません」

「その割になんか浮かねえ顔、しているじゃねえか」

「いえ、そんなことはありません」

重兵衛は同じ言葉を繰り返した。

そうかな、といって惣三郎が微妙な表情で首をひねる。

「まあ、いいや。今日は、めでてえ日だ。勘繰ることなんかねえや」

「その通りですよ」

同意したのは、惣三郎の中間《ちゅうげん》の善吉《ぜんきち》である。惣三郎のうしろに控えている。こちらも黒羽織を着こんでいる。

「旦那の口の悪いのも、今日は店じまいってことになりますね」

「まあ、そうだな。封印しておかなくちゃいけねえ」

惣三郎が、手のひらで口をぽんぽんと音をさせて叩いた。

善吉がぽかんとする。

「旦那、ふういんってなんです」

惣三郎が眉《まゆ》をひそめる。

「どんな漢字を当てるのか、それもわからねえって面《つら》だな」

「へい、まったくわかりません」

惣三郎が手をこまねく。

「まったく堂々としたものだぜ。蛙《かえる》の面にしょんべんてのは、おめえのようなことをいうんだろうな。しかし、そんなこともわからねえなんて、手習所に行き直したらどうだ。その前に、おめえ、行ってたのか」

「もちろんですよ。あっしは手習所、大好きでしたからねえ」

「かわいい女の子が、たんといただけじゃねえのか」

「ええ、そいつがなけりゃあ、あんなところ、行っていませんでしたよ」

「へっ、本音が出たな。重兵衛を前にいい度胸じゃねえか」

すみません、と善吉が重兵衛を見て頭をかく。へへへ、と笑った。

「すごく好きな子がいて、学問の励みになったのは本当のこってすよ。その子にいいところを見せようと思って、一所懸命やったものです」

「しかし、封印という言葉も知らねえようじゃ、その一所懸命さも無駄に終わったってことだな」

「ええ、あっしは学問はまったく駄目でしたねえ。なぜなんですかねえ。見かけ倒しってのは、あっしのような男のことをいうんでしょうね」

「見かけ倒しっていうのは、見た目はいいけれども中身がいけねえってことだが、おめえは両方ともなっちゃいねえ。見かけ通りじゃねえか」

善吉が頬をふくらませる。

「旦那、今日は悪口はいわないんじゃなかったんですかい」

「悪口じゃねえよ。本当のことをいったまでだ」

「いいわけはいいですから、早くふういんの意味を教えてくださいよ」

「いいわけってえのは、いってえなんだ」

惣三郎が唾《つば》を吐くような顔になる。

「まったくこいつは。――封印という言葉を悪口はいわねえって意味で使っているんだから、いわずともわかりそうなもんだが、まったく……」

惣三郎が、まずどんな字を当てるかを伝えた。

「ほう、封印ですかい。意味は」

惣三郎が顎《あご》に手をやり、なでさすった。何度か軽く首を振ってから、重兵衛を見やる。

「重兵衛、この馬鹿にわかりやすく教えてやってくれ。おめえなら朝飯前だろう」

承知しました、と重兵衛はいった。

「封印というのは、物の封じ目に紙を貼ったり、印を押したりすることをいいます。どうしてそんなことをするかというと、その物をあけたり、つかったりすることを禁ずるためです」

「ほう、なるほど。そういうことですかい。さすがに重兵衛さんですね、わかりやすいですよ。つまり封印を破ると、それをあけたり、つかったりしたことがばれるという寸法ですね」

「はい、そういうことです」

「封印を破ったら、ばちが当たったりするんですかい」

重兵衛は首をかしげた。

「さあ、どうでしょう」

「旦那は、悪口を封印するっていっても、どうせ破るに決まっていますから、天罰がくだるといいざまなんですがね」

「いいざまってのは、どういう意味だ」

「いいざま、ですかい。いい気味だとか、ざまあみろだとか、そういう意味で使うんじゃありませんかい。ざまというのは、様子や格好をあざけったり、ののしったりして使う言葉だって、手習所で習ったような覚えがありますよ」

「そういう意味できいてんじゃねえ」

惣三郎が憤然としていう。

「おめえと話をしてると、必ず横道にそれるな」

いまいましげに目をとがらせた惣三郎が視線を転じ、重兵衛をあらためて見つめてきた。表情をゆるませる。

「うむ。重兵衛、ちゃんと正装しているな。さまになってるぜ」

「久しぶりに着ましたから、どうなるか、心配していたんですけどね。ただ、ちょっと肩がこりますね」

「俺もそうだ。このあたりが張ってしようがねえ」

惣三郎が左肩をとんとんと叩く。

「河上さんは、ずいぶんと着慣れた感じがしますよ」

「まあ、つき合いで祝言《しゅうげん》には数限りなく出たからな。問題はこいつだ」

惣三郎が善吉に顎をしゃくる。

「親父から借りたらしいんだが、ちょっと着物のほうがでけえ」

確かにだぶだぶしており、善吉は羽織袴を持て余し気味に見える。

「せっかくの非番なんだから、重兵衛のところに行くのは俺だけでいいっていったのに、是非あっしもお供させてくださいって、幼子《おさなご》みたいにぎゃあぎゃあ泣きわめいて頼むんだ。それで情にほだされちまった。そいつが俺のしくじりだったな」

「あっしは、ぎゃあぎゃあ泣いてなんか、いませんよ」

「泣いたじゃねえか。あっしも重兵衛さんのところに行きたい、置いてけぼりはいやです、旦那、後生ですから連れていってくださいって、涙をぼろぼろこぼしながら土下座しただろうが」

「あっしがそんな大袈裟《おおげさ》なこと、しましたっけ」

「してねえんなら、どうしておめえがここにいるんだ。今日は村名主の田左衛門さんへの挨拶だから、本来なら俺と連れ合いで来るべきだったんだ。だが、連れ合いは親戚の法事が前から入っちまっていて、どうにも抜けられねえ。それだから、おめえが来てもいいってことになったんだろう」

重兵衛は土間におり、雪駄《せった》を履いた。

「お休みの日に、遠路をご足労いただき、本当にありがとうございました」

重兵衛は二人に向かって深々と頭を下げ、腰を折った。

惣三郎が重兵衛の肩をぱしんと叩く。

「おめえのためなら、遠くねえよ」

そうですよ、と善吉が盛大な相づちを打った。

「いつも仕事を怠けて来ている土地ですからね、遠いだなんて旦那が思ったことは、一度もないですよ」

「どうしておめえに俺の気持ちがわかるんだ。ええ」

「わかりますよ。旦那のおつむは犬並みですからねえ」

「重兵衛、俺は腹を切る。介錯《かいしゃく》してくれ。こんな蠅《はえ》と同じくらいの脳味噌《のうみそ》しか持ってねえやつに、犬並みなんていわれて、生きていたくねえ」

「蠅と同じくらいの脳味噌って、なんです」

「こいつの意味もわからねえのか」

「わかりますよ。あっしが蠅なら、旦那は蚊ですよ」

まあまあ二人とも、と重兵衛は割って入った。

惣三郎がはっと我に返る。

「すまねえ、めでてえ日にこんな馬鹿と口喧嘩しちまって」

「あっしも謝りますよ。旦那と口争いするだなんて、ときの無駄以外のなにものでもないですからねえ」

惣三郎が目玉をぎろりとまわして、中間をにらみつける。

「おめえ、その減らねえ口を閉じねえと、本当に殺すぞ」

善吉が背筋を伸ばし、真顔になった。

「わかりやした。減らず口を封印すればいいんですね」

ほう、と惣三郎が感心したように吐息を漏らした。

「使い方、わかっていやがんじゃねえか」

「あっしは、やればできる男だって、小さい頃からおっかさんにいわれ続けてきましたから」

おっかさんてのはありがてえもんだ、と惣三郎がいった。重兵衛に目を向ける。

「しかし媒酌人《ばいしゃくにん》に俺を選ぶなんざ、さすがに重兵衛だ。うれしかったぜ」

「ほかに人がいなかっただけですよね」

善吉が決めつけるようにいう。重兵衛はかぶりを振った。

「そんなことはありません。ふさわしい人ということで脳裏に浮かんだのは、河上さん以外、いませんでした」

惣三郎が相好を崩す。

「相変わらずうれしいことをいってくれるぜ。やる気が出て仕方ねえよ。連れ合いも張り切ってるぜ。安心してくんな」

ありがとうございます、と重兵衛は再び辞儀をした。

「お茶もださずに申しわけないですが、さっそくまいりましょうか」

「ああ、行こうぜ。向こうも今か今かと待ち焦がれているだろう。それに、茶は田左衛門さんのところで飲める」

「旦那が期待しているのは、もちろん茶じゃありませんよね」

「当たりめえだ。こんなめでてえ日に茶を飲むくれえなら、馬のしょんべんでも飲んだほうがましだ」

「でも旦那は酔っ払うと、酒と馬のしょんべんのちがいがわからなくなりますからねえ。一度、本当に飲んじまったんで、あっしはあわてましたよ」

惣三郎が善吉の襟首《えりくび》をがちっとつかむ。ぐらりと善吉の頭が揺れる。

「てめえ、今のは冗談だろうな」

「じょ、冗談に決まってますよ。いくら酔っていても、馬のしょんべんを飲んだらわかるでしょう。それとも、旦那はわからないんですかい」

惣三郎が善吉を放した。善吉がたたらを踏むようによろける。

「わ、わかるに決まっているだろうが」

重兵衛たちは白金堂を出て、白い光があふれる新川《しんかわ》沿いの土手道を歩きはじめた。あたりは緑が一杯だ。風が走り、背丈の低い草を次々に薙《な》ぎ倒してゆく。

やや冷たさを感じさせる風を受けとめるように浴びていると、重兵衛は胸が昂《たか》ぶってきた。息をすると、痛いくらいだ。

肩を並べている惣三郎が、にやりと笑いかけてきた。

「緊張しているな。まあ、無理もねえ。俺も向こうの親御に挨拶に行ったときは、体ががちがちにこわばったからなあ。槍《やり》をのまされたみてえだった。喉が渇いて、酒が飲みたくてたまらなかった。だが、さすがに酒のにおいをさせて行くわけにはいかねえから、必死に耐えた」

「牛みたいな旦那でも、そうだったんですかい」

うしろに控える善吉がいった。惣三郎がすばやく振り向く。

「牛みてえな、というのはどういう意味だ」

それは、重兵衛もききたかった。

「牛は、いつものんびりと歩いているじゃないですか。あっしはなにごとにも動じないという意味で使ったんですけど、なにかおかしいですかい」

「なんだ、ほめ言葉だったか。おめえの場合、ほめてんだか、けなしてんだか、さっぱりわからねえ」

「そんな旦那でも、いざというときはどきどきしたんですねえ。女の人と一緒になるというのは、たいへんなことなんですねえ」

善吉がしみじみといった。

「あっしの場合は、心の臓が破裂しちまうかもしれませんね」

「おめえは気が小せえからな。しかし、心配せずともいい」

善吉がきっとして惣三郎を見つめる。

「あっしには一生、縁談なんかないから心配しなくてもいいって、旦那はいいたいんじゃねえんですかい」

「なにを先走ってやがんだ。この馬鹿」

惣三郎が善吉の頭を小突いた。こちん、と妙な音がした。

惣三郎が苦いものをのみくだしたように顔をしかめる。

「おめえの頭には、いってえなにが入っていやがんだ。欠け茶碗《ちゃわん》みてえな音がしやがったぞ」

善吉が力なく首を上下させる。

「今の音をきいて、あっしも心配になりましたよ」

「一度、医者に診《み》てもらえ」

「いやです」

「まったくこいつは」

惣三郎が咳払いした。木々が騒ぎ、強い風が三人の袴をばたつかせてゆく。

風がおさまったのを見計らって、惣三郎が口をひらいた。

「いいか、善吉。俺がいいたかったのは、女と一緒になるときの親御への挨拶というのは、誰もが必ず通りすぎなきゃいけねえ道で、なにもてめえだけが特別じゃねえ。だから、なにも案ずることはねえっていいたかったんだ。わかったか」

「へい、よくわかりました。すみませんでした」

善吉がぺこりと腰を折る。

「わかりゃあいいんだ」

惣三郎が機嫌よくいった。

「それで重兵衛、ききてえことがあるんだが、いいか」

「はい、なんでもどうぞ」

「おめえの母御のことだ。祝言には呼ぶんだろう」

どうしようか、と重兵衛はまだ決めかねている。母に長旅は酷ではないか、との思いがある。おそのをめとったら、諏訪《すわ》に連れていってもよい、と考えていた。

「まだ決めてねえのか」

「はい、正直にいえば」

「まだときはある。じっくりと頭をひねればいいやな」

やがて宏壮な屋敷が見えてきた。長屋門の屋根が陽射しを弾いている。さすがに村名主の家だけのことはあって、敷地は大名屋敷のように広い。

重兵衛はさらに胸が痛くなってきた。手で押さえたいが、さすがに惣三郎と善吉の前でははばかられた。

開け放たれた門を入る。

田左衛門が母屋から出て、重兵衛たちを待っていてくれた。

座敷に通される。おそのがきれいな小袖を着て、正座していた。

五人がそろう。田左衛門の女房はすでにこの世にない。

惣三郎が、重兵衛がおそのを妻にしたい旨を正式に田左衛門に申しこむ。

田左衛門はにこにこし、重兵衛さんならば安心して娘をまかせられます、と快諾《かいだく》してくれた。

「娘にはもったいないくらいの相手でございますよ」

おそのは笑みを浮かべつつも、瞳を潤ませている。重兵衛を見つめる目がまっすぐだった。

重兵衛は万感の思いをこめて、深くうなずき返した。

その後、酒になった。仕出しの料理が次々に並べられる。

重兵衛は久しぶりに酒を喫した。体にしみ渡ってゆく。たまらず、うまいという声を放った。

それを見たおそのが微笑する。天女が舞いおりたような笑いだ。

惣三郎も善吉も遠慮なく酒をいただいている。こいつは上等な酒だな、期待通りですね、といい合っている。

二人とも満面の笑みだ。善吉はすでに真っ赤になっている。

いつもと変わらない顔色の惣三郎は、まるで水をあおっているかのようだ。明日も非番にしか見えない飲み方である。

二

昨日の酒は残っていない。

重兵衛はそう思いたかったが、やはりすごしすぎたようだ。若干、ふつか酔い気味である。

そのせいか、今日の手習は体が重く、調子が出なかった。お美代や吉五郎、進吉たちの手習子にも、お師匠さん、具合が悪そうね、といわれた。

もっとも、手習子たちの目はとてもあたたかかった。

重兵衛がふだん滅多に酒を口にしないことを知っており、それなのに昨日に限ってすごしたというのは、田左衛門の屋敷でどれだけ重兵衛の心が躍ったか、如実にあらわすものだ。そのことを手習子たちは、解してくれているのである。

それに、おそのとのことを知らせると、みんな、喜びを一杯にあらわして喜んでくれた。お美代も笑顔だった。あの笑いに嘘などなく、心から祝福してくれたと思う。

祝言はいつになるの、と手習子たちに問われたが、まだ日取りははっきりしていない。昨日は結納《ゆいのう》がいつになるか、決まっただけである。

結納は、ちょうど半月後の大安に行われることになった。そのときには、惣三郎の妻も来てくれることになっている。

それらのことを重兵衛が告げると、結納ってなに、どういうことをするの、と手習子にきかれた。

結納について、ほとんどの者が知らなかった。詳しくきいてみると、どうやら結納の習慣は江戸の百姓や町人たちのあいだではないようだ。

大店《おおだな》などの富裕な者たちは行っているようだが、庶人にはまったく無縁のものといっていいらしい。

武家では結納は当たり前だし、田左衛門が行うことに反対しなかったのは、村名主の娘の婚礼ならば当然のことと思ったからかもしれない。それが不自然でないだけの財力は楽に有している。

もともと結納というものは、奈良に都が置かれるより前に天皇家で行われていた納采《のうさい》の儀《ぎ》がはじまりだと重兵衛はきいており、そのことをまず手習子たちに話した。

言納《いいいれ》がゆいいれとのいい方に崩れ、それに結納という漢字が当てられたともいう。

言納とは結婚を申しこむことを意味するらしい。すでに田左衛門の快諾を得た今また新たに結納という儀式を行うことに意味はあまりないのかもしれないが、こういうことは、誰しもが必ず通りすぎなければならないことなのだろうということも、重兵衛は真摯《しんし》に語った。

ほかにも『結いのもの』が語源といわれていると耳にしたことがある。結いのものとは、両家が縁戚になるために贈り物をし、食事をともにすることをいうようだ。

両家が新たな絆《きずな》で結ばれ、さらに婿の側から嫁の家に感謝の思いをこめて進物を納めることが、結納ということになるということを、重兵衛は手習子たちに伝えた。

つまり、妻になってくれることに対する感謝の思いをあらわすものである、ということを付け加えた。

お婿さんはどんなものを花嫁の家に贈るの、ときかれて、熨斗《のし》、帯地、寿留女《するめ》、子生婦《こんぶ》、友白髪《ともしらが》、家内喜多留《やなぎたる》、末廣《すえひろ》の七品目であることを教えた。

さらに手習子たちは、それらはいったいなんなの、という問いを発してきた。するめやこんぶはわかるけど、と付け加える。

熨斗は熨斗鮑《あわび》のことで、鮑は食べると長命を招くと昔からいわれており、薄く削いだ鮑をのすのは延寿につながるからといわれている。

帯地は、妻になる娘が帯をつくるためのものだ。

寿留女は手習子たちのいったようにするめいかのことで、この言葉には寿を留める女という意味がある。また、寿は長寿を、留は婚家に留まってそこで生涯を終えることを、女はよき妻で居続けることを、それぞれあらわしている。するめは長く保存が利くことから、仲むつまじい暮らしがずっと続くようにという祈りの意味もある。

子生婦はもちろん昆布のことで、よろこぶに通じる。昆布は育ちがよく、また増え方も早い。そのために多くの子宝に恵まれるということで、尊ばれている。

友白髪は縁起のよい字を当てて友志良賀とも記し、ともに頭が白くなるまで一生、夫婦として仲よくすごせるようにという祈りをこめたものだ。白髪になぞらえた一組の麻紐《あさひも》が、結納の品として使われる。

末廣は、婚礼のための扇子のことである。なめらかに広がってゆく形が、末広がりの将来と重なることで縁起がよいとされ、結納の品となった。婚礼に使われるのは二本一組の白い扇子である。白はけがれがなく、無垢《むく》であることを示している。

最後の家内喜多留《やなぎたる》は柳樽のことを指し、柳の白木でつくられた樽に酒を入れて、『両樽壱荷』として二つを贈ることが慣例となっている。白木ではなく、朱色に塗られた柳樽を用いる場合もある。酒の一升が一生に通じ、夫婦が添い遂げることも意味している。

この七品目は地方によってもちがうらしく、家内喜多留が、結納の品がなんであるかを示す目録に代わることもあるようだ。

そんなことを重兵衛は、つらつらと手習子たちに話した。

お師匠さんはそれらを全部そろえるの、ときくから、できるだけのことはしようと思っている、と重兵衛は答えた。

それから、なおも手習子たちはいろいろときいてきた。お武家や裕福な商家ばかりでおいらたちはどうしてやらないの、なぜお婿さん側からしか贈り物をしないの、めでたいものならどうして鯛が選ばれていないの、などの問いが出た。

重兵衛は答えられることはできるだけていねいに答えていった。

そのときのことを思いだし、苦笑が出た。同時に、ふう、と吐息を漏らす。

手習子たちのあの好奇の心の強さはいったいなんだろう。わからないことは、わかるまでとことんたずねてくる。

なんにしろいいことだろう。あの気持ちを忘れることなく、長ずるまでずっと持っていてもらいたい。

白金堂は静寂が重い霧のようにずしりと覆っている。手習が終わって、すでに四半刻《しはんとき》ばかりたっている。

とうに手習子の姿はない。どこからか風に乗って子供の声がしている。すでに遊びに精だしているのだ。

庭を飛びかう小鳥の声がかしましく、同時に木々を揺するような音もきこえてくる。それが閉じられた腰高障子に影となって映り、畳に陰翳《いんえい》の波をもたらす。

重兵衛は自分の部屋で横になっている。軽いふつか酔いとはいっても、こうしているほうがずっと楽だ。

昼間から横になるなど、風邪を引いたとき以外したことがなく、最初は書見をしようと文机に書物をひらいてみたが、文字を追うのが精一杯で、中身は頭にまったく入ってこなかった。

重兵衛は無理することなく、畳の上に横になったのである。もう堅苦しい侍ではない。ここは自由な江戸だ。

それでも、ふつか酔いでぐったりしているところなど、手習子には決して見せられるものではない。

おそのにはどうだろうか。

一緒になれば、こういう姿はいずれ見せざるを得ないだろう。

おそのは落胆するだろうか。いや、そんなことはあるまい。

おそのはそういう女ではない。自然な姿をさらけだしても、がっかりするようなことはないだろう。

それに、これから一緒に暮らしてゆく以上、格好をつけることなどできない。素直な自分をだしてゆくのが一番だろう。

きっとおそのも、同じようなことを考えているにちがいない。仮におそのが粗相をしたり、みっともないことをしてしまったりしても、重兵衛の心が離れるようなことはないと断言できる。

きっとおそのも、どんなことがあっても重兵衛のことをきらうことはない、と考えているだろう。

甘いだろうか。またも昨日のお美代の言葉がよみがえってきた。

――男女のことだから、これからなにが起きるかわからないってことよ。好事魔多しって言葉もあるしね。

だが、今からなにか起きるなどということが、果たしてあるだろうか。やはり考えにくい。

戸口のほうで人の気配がした。戸が鳴っている。誰かな、と思ったとき大きな声が響き渡った。

「重兵衛、いるか」

あれは、と重兵衛は立ちあがりながら思った。作之助《さくのすけ》ではないか。

重兵衛は居室を出て、戸口に向かった。今日、約束などしていない。なにか用事でもあるのだろうか。それとも、なにか身に起きたのだろうか。

しかし、作之助のことだから、なにもなくても訪ねてきておかしくない。おそらく作之助の友人といえるのは、重兵衛だけだろう。

「おう、重兵衛」

重兵衛を認めた柿《かき》ヶ崎《がさき》作之助が笑顔になり、まるで一町の距離があるかのように大きく手を振ってみせる。

幼子のような笑顔だ。人はいいが、皆と合わせられぬところがあり、よく浮くことがある。

それにしても、ずいぶんと機嫌がよさそうな顔つきだ。なにかいいことがあったのだろうか。

今日もいつものように、黄土色の小袖に野袴という出で立ちだ。伊達《だて》でこういう格好をしているわけではなく、これだと汚れが目立たず、滅多に洗濯せずともよいというのが理由である。

唇の下や脇に、剃《そ》り残《のこ》しのひげがかなりのぞいている。剃ったときに切ったようで、顎に二ヶ所の薄い切り傷があった。

重兵衛と知り合ったのは、ずいぶん前のことだ。まだ十代のはじめである。

重兵衛の主家だった諏訪家は信州《しんしゅう》高島《たかしま》で三万石を領しているが、高島城下の家塾で机を並べていたのだ。

習いはじめの頃は作之助はまったく学問ができず、重兵衛がいろいろと面倒を見てやったのだが、その教え方がよかったのか、作之助は急速に伸び、重兵衛をあっという間に追い越して、塾頭までになった。重兵衛は逆に、作之助から講義を受けることになったのである。

作之助は面倒を見てもらったことに恩義を感じたらしく、重兵衛にひじょうになついた。重兵衛は作之助のことを親しい友の一人だと思ってはいたが、作之助は重兵衛のことを無二の友であると考えていたようだ。このあたりも少しずれている。

久しく作之助とは会っていなかったが、この前、麻布北日ヶ窪町《あざぶきたひがくぼちょう》で再会することになったのである。あのとき作之助は、迷子の犬が飼い主に巡り会ったような喜び方をした。重兵衛はその喜びように面食らったものだ。

そして、このあいだ、重兵衛が真剣でそこその遣い手と戦うことになったとき、危険を顧みることなく、作之助は重兵衛を救うために飛びこんできた。

重兵衛にしてみれば、剣の力量において相手をはるかに凌駕《りょうが》しているのはわかっており、余裕で刀を構えていたのだが、作之助は重兵衛が恐怖にすくんでいるために動けないと見て取ったようなのだ。

——重兵衛、危ないっ。

あの声を忘れることは一生ないだろう。重兵衛は今は作之助のことを無二の友と思っている。他人のために、振りおろされる白刃に向かって身を躍らせることができる者が、この世にいったいどれだけいるだろう。

重兵衛は、作之助を無二の友と思っていなかった不明を恥じた。いつか作之助に命を投げだすような恩返しができる日を、待ち望んでいる。

実際にあのとき作之助は遣い手に斬られ、地面に倒れこんだ。重兵衛の腕のなかで死ぬ死ぬといい続けたが、かすり傷にすぎず、今もこうして元気に生きている。

「重兵衛、どうした」

作之助にきかれた。四角い顔にくりっとした女のような目がついている。鼻筋が通り、口の形もよい。いい男といえるが、どこかのほほんとして、抜けた感は否めない。

「顔色がよくないな。青いぞ」

重兵衛は頭のうしろをかいた。

「ちと飲みすぎた」

「飲んだのか。誰と」

どうして俺を呼ばなかった、と咎《とが》めるような口調で作之助がきく。

「作之助、ここで立ち話もなんだ。あがったらどうだ」

その通りだな、といって作之助がすりきれかけた雪駄を脱いだ。

居間で向かい合って腰をおろす。作之助からは汗がにおった。梅雨《つゆ》の真っ最中の時季ということもあって蒸し暑いせいもあるのだろうが、相変わらずろくに風呂に入っていないのではないだろうか。

重兵衛は、作之助を下帯一つにし、井戸の水を頭からかぶせたい衝動に駆られた。その思いを抑えつけて、昨日どういうことがあったのか、作之助に語ってきかせた。

「えっ、おそのちゃんのところに挨拶に行ったのか。そうだったか」

作之助がいきなり、がばっと両手をそろえてこうべを垂れた。

「重兵衛、すまぬ」

喉の奥からしぼりだすようにいった。

重兵衛は驚き、腰を浮かせかけた。

「どうして謝る」

「重兵衛の晴れの日に、最も親しい友である俺がその場にいてやれなかったからだ。知らせてくれれば万難を排してやってきたのに、重兵衛、水くさいぞ」

すまぬ、と重兵衛は頭を下げた。

「おぬしはあるじを持つ身。忙しいのではないか、と思って遠慮したんだ」

作之助は以前は諏訪家の跡取りである勝資《かつすけ》に仕えていたが、あまりいい評判をきかない腹ちがいのすぐ下の弟の頼定《よりさだ》に今は奉公している。

この人事は勝資に命じられたからということらしいが、どういう理由でこういうことになったのか、作之助も知らされていないようだ。まずまちがいなく、勝資の気に入らぬなにかを作之助はしでかしてしまったということだろう。

勝資は聡明だし、作之助の格好や汗のにおいなどを気にするたちではない。だから、きっとよほどのことを作之助はしてしまったにちがいないのだ。

そのことを本人が気づいていないというのが、不幸ではあった。

それに、重兵衛が遣い手と戦うことになったのも、考えてみれば頼定絡みのことである。あの一件で頼定になんらかの処断がくだされたという噂《うわさ》は耳に入ってきていない。きっとお咎めなしだったのだろう。

うむ、といって作之助が顎をゆっくりと動かす。

「確かに重兵衛のいう通りだ。昨日はつとめが忙しかった。御前《ごぜん》で講義をさせていただいたからな」

「御前でだと。作之助、それはすばらしいではないか。どうしてそのような仕儀に相成った」

作之助が首をかしげる。

「いや、どうもそのあたりはよくわからぬ。つい五日ばかり前、四書五経について講義を行ってもらいたいと、殿の側近の者に急にいわれたんだ」

「四書五経といっても、それらをすべて講義するのはさすがに無理だろう。どれを選んだんだ」

四書五経というのは、儒教の経典のなかで最も重きを持つ四書と五経のことをいう。四書とは『論語』『孟子《もうし》』『大学』『中庸《ちゅうよう》』をいい、五経は『春秋《しゅんじゅう》』『礼記《らいき》』『易経《えききょう》』『書経』『詩経』を指す。

「中庸だ」

四書のうちで『大学』が最初に読むべきものとされるのに対し、『中庸』は最後にすべき書といわれている。『中庸』は孔子《こうし》の孫である子思《しし》の作と伝わっている。

「中庸か、すごいな」

そうかな、と作之助が首をひねる。

「中庸というのは考えや行いなどが偏らず、中正、公平であることをいう。むずかしくいえば不偏不倚《ふへんふき》、過不及のない道理のことをいうんだが、重兵衛、知っているか」

「ああ、その道理は天から人へ本性として授けられているとのことだったな」

「さすが重兵衛だ。俺に学問を教えてくれただけのことはある。この本性にしたがって喜怒哀楽の調和を取れば、人と自然との中和が行われ、自然はより人と密接になってゆく。

『中庸』はこの理念がさらに詳しく説かれている。天と人とのつながりの真理が記されているんだ」

「なかなかむずかしいよな」

「重兵衛にはむずかしいか。俺には大層なものではない」

「ふむ、そのくらいでなければ御前で講義などできようはずもない」

重兵衛はかたく腕組みをし、作之助をじっと見た。

「作之助、講義のあと、殿はなんと仰せになった」

作之助が自慢げに鼻をうごめかす。

「うむ。ひじょうにわかりやすく、この上なくすぐれた講義であった、とのお言葉をいただいた」

重兵衛は目を柔和に細めた。

「それはなによりだった」

「かたじけない。それに重兵衛、また別の講義をきっとするように殿におっしゃっていただけた」

「そいつはすごい。このまま行けば、いずれ長善館《ちょうぜんかん》の教授になれるかもしれんぞ」

長善館とは諏訪家が建てた学校である。

「かもしれんなどと曖昧《あいまい》ないい方をせんでくれ。なれるさ」

自信たっぷりにいう。すぐに力が抜けたように肩をすとんと落とした。慨嘆するように言葉を続ける。

「ああ、しかし俺も行きたかったなあ」

「どこに」

「どこにということがあるものか」

作之助がぐるりと目をまわした。

「おそのどのの屋敷に決まっておろうが。重兵衛がどんな顔をして、父御《ててご》に挨拶をしたのかなと思ってな。きっと緊張していたのではないか。俺がついていれば、少しはほぐせたのではないか」

そうかもしれんな、と重兵衛はいった。

「ところで重兵衛、覚えているか」

話題を変える口調で作之助がいう。重兵衛はなんとなく悪い予感がした。

「なにかな」

さりげなく問うた。

「吉原《よしわら》だ」

やはり。

「重兵衛、前に連れていってくれるといっていたな」

「今日か」

「そうだ。俺はそのつもりでここまでやってきた」

重兵衛は、戸口に立っていた作之助の機嫌よさそうな顔つきの意味に、ようやく思い至った。そういうことだったのだ。

「今日か……」

重兵衛は下を向き、つぶやいた。

「重兵衛、なにか用事があるのか」

この世の一大事といわんばかりの調子で作之助がきく。

「いや、ない」

作之助がほっと胸をなでおろす。

「よかった。それで重兵衛、いつ出かける」

「本当に行くのか」

「重兵衛はいやなのか」

作之助が不思議そうにいった。

「吉原は男の極楽のようなところときいているぞ。おそのどのと一緒になることが決まって、行く必要がないのか」

「正直、吉原には心惹《こころひ》かれぬのだ」

「なぜだ」

「金を払って、ことをいたすというのがどうにも性に合わぬ」

「金のことなら心配いらぬ」

作之助がどんと自らの胸を叩く。

「昨日、殿からご褒美《ほうび》にたんまりといただいたゆえ」

金のことをいっているのではないのだが、作之助と話をしていると、どうも話がずれてゆく。

「なあ、重兵衛、この通りだ」

作之助が両手を畳につき、頭を下げる。

「お願いだから、一緒に行ってくれぬか。俺一人では不安でならぬのだ。なにしろ、女体に触れるのは初めてなのでな」

「手をあげてくれ」

作之助が素直にしたがう。じっと下を見ている。視線の先は自分の股間《こかん》だ。

「頼むから、俺のせがれに活躍の場を与えてくれ。これまでの二十四年間、じっと息をひそめていたんだ」

「わかった」

重兵衛はそういうしかなかった。

「だから、せがれのことをいうのは、もうやめてくれ」

作之助が勢いよく顔をあげた。

「まことか。まことに連れていってくれるのか」

ああ、と重兵衛は答えた。

「連れてゆこう」

「うれしいぞ」

作之助が体を投げだすように抱きついてきた。重兵衛の胸に顔をうずめる。おんおんと涙を流しはじめた。

「まだ吉原に行っておらぬのに、ここで泣いてどうする」

重兵衛はいさめるようにいった。

作之助ががばっと顔をあげる。

「重兵衛のいう通りだ。こんなところで泣いてもはじまらぬ」

重兵衛から離れた。目尻に残った涙を拳でぐいっとぬぐい取る。すっくと軽やかに立ちあがった。

満面の笑みで重兵衛を見おろす。

「よし、重兵衛、さっそくまいろうではないか」

三

息づかいが耳に届く。

前を走る善吉のものだ。

「善吉、そんなに急いで走らずともいいぞ。のんびり行こうじゃねえか」

惣三郎は、小刻みに揺れている背中に声をぶつけた。疲れが出て、少し声がかすれている。

善吉が顔だけ振り返らせた。にやにやしている。

「旦那、もうへばったんですかい」

「そんなことがあるはずがねえ」

惣三郎はすぐさま否定した。

「俺さまがおめえより先にばてることなど、あり得ねえ。それよりおめえ、前を向かねえと、人にぶつかるぞ」

町にはどこからわいて出てくるのか、相変わらず多くの人であふれている。のんびりと歩いている者、急ぎ足で行く者、立ちどまって店を冷やかしている者、老若男女を問わず、さまざまな者が行きかっている。

「うしろを向いてても、あっしはそんなへまはしませんよ」

そうはいったものの、善吉は首を戻した。そのままの姿勢で言葉を続ける。

「旦那、実は昨日の酒がきいているんじゃないですかい」

「あり得ねえ」

惣三郎は大きくかぶりを振った。

「あのくらいの酒で、次の日に残るわけがねえ。それになにより上等の酒だった。あんないい酒が俺に悪さをするはずがねえ」

「はあ、悪さですかい」

「毒になるっていい換えてもいい。なんといっても、俺は酒を愛しているからな。酒は俺の味方だ。俺を守ってくれるはずなんだ。酒が残るようなやつは、酒を愛していねえんだ。ただ好きなだけにちげえねえんだ。愛しているにしても、愛し方が足りねえんだ。俺みてえにとことん愛し尽くせば、酒は必ず応《こた》えてくれるもんだ」

善吉はなにも答えない。前を向いて、ひたすら足を動かしている。

「おい、てめえ、きいているのか」

「ええ、もちろんですよ。ちゃんときいていますよ」

「じゃあ、俺が今なんていったか、繰り返してみろい」

「繰り返すのは無理ですけど、旦那がすごーく酒を愛しているということだけは、伝わってきましたよ。それと、ただ酒が大好きなことも」

「ただ酒のことなんか、いってねえぞ」

「あれ、そうですかい。ただ、という言葉がはっきりきこえましたよ」

「ただ好きなだけ、といったんだ」

「やっぱり、ただ酒が好きなんですね」

「そんなこと、いってねえっていっているだろうが」

「はい、はい、わかりました」

善吉が面倒くさそうにいう。

「まったく最近はどうもいいわけが多いんだよな」

ぶつぶつとつぶやいた。

「てめえ、きこえてるぞ」

惣三郎は駆けつつ善吉にいった。

「はい、はい、すみません」

「へい、へい、は一度でいいんだ」

「へい、へい、すみません」

「てめえ、ぶん殴《なぐ》るぞ」

惣三郎が拳を振りあげた途端、善吉の背中が、すうと遠ざかった。走る速さをあげたのだ。

「てめえ、待ちやがれ」

惣三郎は怒鳴りつけたが、善吉の背中は徐々に小さくなってゆく。

「わかった、わかった。殴らねえから、ちっと足をゆるめろ」

善吉が振り返る。やや高くなりはじめた太陽がまともに惣三郎の目に入りこんだ。まぶしさに下を向きかける。朝早いこともあり、まだ冷涼な気がわだかまっているが、今日も暑くなりそうだ。

「旦那、ほんとですね。殴りませんね」

善吉が確かめてきた。

「ああ、嘘はつかねえ」

おびただしい光があふれるなか、善吉がにこっとする。

「旦那が嘘をいわないのは、いつものことですからね」

「ああ、俺は嘘がきれえだからな」

見る間に善吉の背中が近づいてきた。

「まったくおめえは走るのだけは速《はえ》えなあ。たいしたもんだぜ」

「飛脚になれますかね」

「さて、どうかな。手練というのか、足練というべきなのか、あの連中のなかには日に四十里走る者がいるらしいからな」

「ええ、あっしもそれはきいたことがありますよ」

走りながら、善吉がうなずく。

「それに、本当かどうかわからねえが、一日に七十五里を走る者がいるという話をきいたこともある」

「ほえー、そいつは化け物ですね」

「本当にこの世にいるのかどうか、わからねえところも化け物といえるだろうな」

「あれ、旦那は化け物がいるのを信じていねえんですかい」

「信じていねえわけじゃねえが、まだ一度も見たことがねえからな。しかし、この世にはうまく言葉では説明できねえ不思議なことがいくらでもあることは知っているんだ。だから、半信半疑といったところだな。おめえは信じているのか」

善吉がこくりと首を動かす。

「ええ、あっしは化け物や幽霊の類はこの世にいると思っていますよ。旦那がいうように不思議なことは、ほんと、たくさんありますからねえ。人ができることじゃない類の話は、いくらでも耳に入ってきますし」

考えてみりゃあ、と惣三郎はいった。

「おめえみてえな悪意のまったくねえ男も、その手の類なのかもしれねえ。この世にいること自体、奇跡だものな」

「そんなこと、ありませんて。あっしは悪意のかたまりのような男ですよ」

「おめえの悪意なんて、せいぜいが俺の悪口をいうくらいのもんだ」

「旦那の悪口だなんて、そんなつまらないことであっしの悪意は終わりませんよ」

「つまらねえことっていいやがったな」

「言葉の綾《あや》ですよ。あっしはどでかいこと、企んでいるんですから」

「たとえばどんな」

「お城の金蔵《きんぞう》を破るんですよ」

善吉がいい放つ。さすがに惣三郎はあわてた。

「馬鹿、つまらねえことを天下の大道で口にするんじゃねえ」

惣三郎は手を伸ばして、善吉の口をふさいだ。

善吉が身をよじって逃れる。

「旦那、なにするんですかい。首が折れるかと思いましたよ」

「お城の金蔵のことをいうなんざ、おめえの首より、俺の首のことが心配になっちまう。番所を首になったらどうすんだ。善吉、滅多なこと、いうもんじゃねえ」

「はあ、すみませんでした」

「わかりゃあいい」

善吉が不意に足をとめた。善吉の頭が視野のなかで急速に大きくなった。

あっ、と思ったときには惣三郎は、鼻に強烈な痛みを覚えていた。

「旦那、大丈夫ですかい」

頭上から声が降ってきた。

惣三郎は、しゃがみこんでいる自分を知った。

「らいじょうふはれえ」

「はあ、なんですかい」

「大丈夫じゃねえ」

鼻から息を思い切り吹きだして惣三郎はいった。よろけつつも立ちあがる。頭がふらふらする。

「あー、痛《いて》え」

顔の奥のほうが、ずきんずきんしている。指にべっとりと血がついていた。

「旦那、鼻血が出ていますよ」

善吉が手ぬぐいを取りだし、押し当ててきた。

「れんひち、どうひてひゅうにほまったんら」

善吉が一瞬、怪訝《けげん》そうな顔をした。

「ああ、あっしがとまったから、旦那はぶつかってきたんですね。まったくどじですねえ。同心といえども侍の端くれなんですから、そのくらいよけてくださいよ」

殺すぞ、といいたかったが、痛みがひどく、声にならない。

「いえ、あっしが足をとめたのはこの辺じゃないかって思ったものですからね」

惣三郎は善吉から手ぬぐいを取りあげ、先っぽをこよりのようにとがらせて鼻の穴に突っこんだ。

「ひょのへんて、おろこがひゃつぎほまれたいひゃのほこらな」

声がくぐもったものにならないよう、惣三郎は全身に力をこめていったが、結果はむなしいものだった。

「この辺て男が担ぎこまれた医者のことだな、ですね。ええ、さいです」

善吉が深くうなずく。

「御番所に知らせてくれたお医者は、飯倉新町《いいぐらしんまち》に住んでいるとのことでしたから」

上を向きながら、惣三郎は目だけであたりの景色を見た。

確かにここは飯倉新町だ。相変わらず小さな町で、町屋が寄り添うように密に立ち並んでいる。

この町に自身番は置かれていない。隣の永坂町《ながさかちょう》と一緒になっている。医者はそのために自身番を通じず、じかに使いを町奉行所に走らせたのだろう。

「ろこら、ほのいひゃは」

「どこだ、その医者は、ですね。えーと、どこなんですかね」

善吉がきょろきょろする。

「お医者の名は然軒《ぜんけん》さんというとのことでしたね」

看板などは見当たらず、善吉が町の者と思える女房にたずねた。女房は知っており、親切に場所を教えてくれた。

「旦那、そっちだそうですよ。さあ、行きましょう」

善吉が惣三郎の手を引き、右側に口をあけている路地に入ってゆく。その様子を、そばを通りかかった町人たちがびっくりしたように見ている。

惣三郎は善吉に向かっていった。

「れをひゃなせ。これひゃあはるでぼうろくしたひいさんみてえひゃねえか」

「手を放せ。これじゃあまるで耄碌《もうろく》したじいさんみてえじゃねえか。——旦那、はなから似たようなものじゃないですか。それに、鼻が折れていないかすぐに診てもらったほうがいいですよ」

「ひゃながほれてるらと」

「ええ、それだけ血が出てるってことは、そのおそれはありますよね」

「ひょうらんひゃねえ」

「しかし旦那、冗談じゃすまないかもしれませんよ」

「おろかすんひゃねえ」

「脅《おど》かしのつもりなんかありませんよ」

路地を入って最初の角を、善吉が左に曲がった。惣三郎はもはや手を振り払う気力もなく、よぼよぼの馬のように黙って引かれていった。

屋根の脇に掲げられた小さな看板が目に飛びこんでくる。それには、くすし、とだけそっけなく記されていた。

「本道《ほんどう》が得手なんですかね。それとも外科のほうですかね」

看板を見つめて、善吉がつぶやく。

惣三郎は手ぬぐいを鼻から取った。息が通じて呼吸が楽になった。

「両方かもしれんぞ」

善吉が驚いて惣三郎をまじまじと見る。

「ちゃんといえましたね」

「当たりめえだ。いつまでもあんな無様な真似《まね》、できるか」

「無様さも旦那らしくてよかったんですけどねえ」

「どういう意味だ」

しかし善吉はきこえない顔で、こぢんまりとした診療所に、ごめんください、と訪《おとな》いを入れた。

善吉が力を入れて戸を横に引く。すっとなめらかに動いていった。

「ああ、すごく軽い」

善吉が感嘆の声を発する。

「患者のためを考えてのことだろう」

「ああ、なるほど。力をこめずともいいようにしてあるんですね」

そういうこった、といって惣三郎は土間に足を踏み入れた。意外に明るい。左側の窓からまぶしい光が入りこんでいる。

汗だくの自分に、惣三郎は気づいた。下着を替えたいくらいだ。善吉も、着物をべたりと体に貼りつかせていた。

土間に、いくつもの草履《ぞうり》や雪駄が散乱していた。患者のものとは思えない。患者はおおむね礼儀正しい。

となると、急患を運びこんだ者たちのものというのが最も考えやすい。

「然軒先生はいらっしゃいますかい」

善吉が、閉じられた腰高障子の向こう側に向かって控えめな声をだす。

「はい、こちらです」

毅然とした声がきこえ、すらりと腰高障子があいた。一段高いところに、長身の男が立っている。坊主頭で、白い縫腋《ほうえき》を着用していた。

細い目が鋭く、眼光を宿している。両肩ががっちりと張り、胸板が厚い。医者というより、力仕事を生業《なりわい》にしているような者に見えた。

「然軒先生ですかい」

「さよう」

「御番所につなぎをいただきましたね。さっそくまかりこしました」

「かたじけない」

侍のような言葉遣いと仕草だ。この男、元は武家なのかもしれない。侍をやめて医者になる者は、相当の数にのぼると惣三郎は耳にしている。

「腹を刺された者が担ぎこまれたときいたが、どこに」

惣三郎は然軒にただした。

然軒がおや、という顔をする。

「鼻血ですか。どれ、こちらにおいでください」

穏やかに然軒にいわれ、惣三郎は素直に歩み寄った。

「どうされたのですか」

惣三郎は事情を然軒に話した。

「さようですか。こちらの中間の方にぶつかられたのですか。それは気の毒なことでしたね」

「まったくですよ。こいつは、とにかく石頭で」

然軒はていねいに診てくれた。

「骨は折れていませんね。血もとまっていますから、大丈夫です」

「ふう、助かった。この通りだ」

惣三郎は安堵《あんど》の思いをあらわにして腰を折った。

「別に礼をいわれるほどのことはありません。河上どのの鼻が頑丈だっただけのこと」

あれ、と惣三郎は然軒を見あげた。

「俺のことを知っているのか」

「当然ですよ」

にこやかに然軒がいった。

「麻布、赤坂《あかさか》を縄張にしている定廻り同心を、このあたりに住む者で知らぬ者は一人たりともおりますまい」

どうぞ、といって然軒が惣三郎と善吉を診療部屋にあげた。

「なんだ、おめえら」

惣三郎は声を放った。部屋には然軒の助手とおぼしき若者がいた。だが惣三郎が荒らげた声を向けたのは助手ではない。

一見してやくざ者とわかる六人の男がどかりと座りこんでいたのだ。まんなかに敷かれた布団を取り囲んでいる。

布団には、下帯だけの男が横たわっていた。腹に晒《さら》しが巻かれている。男は目をつむっている。死んでいるのか、と思ったが、胸がかすかに上下していることから、どうやら眠っているようだ。

男から目を離し、惣三郎は六人の男にあらためて視線を流した。

「ふん、人の屑《くず》のくせして、てめえら、我がもの顔だな。ちっとは遠慮しやがれ。ここはてめえらの家じゃねえんだぞ」

どいつもこいつも顔色が悪く、目が濁り、すさんだ顔つきをしている。

「刺されたのはてめえらの仲間か。ほら、場所をあけねえか」

惣三郎は、一人に向かって顎をしゃくった。惣三郎をにらみつけてきた。

「文句あんのか」

惣三郎は凄《すご》みをきかせた声音でいった。目を畳に落としたやくざ者が、それができる精一杯のあらがいとばかりに渋々動く。

それでいいんだ、といって惣三郎は枕元にあぐらをかき、意外にも安らかな寝息を立てている男を見つめた。

しかし、顔はやはり凶悪そうだ。頬に二つ、小さな切り傷があった。肩には熊らしい彫り物がしてある。

「こいつは熊吉《くまきち》とでもいうのか」

「熊太郎ですよ」

右側に座る年かさのやくざ者がいった。惣三郎は顔を向けた。

「誰に刺されたんだ」

「わかりません」

「嘘つけ。目星はとうについているんだろうが」

「そんなことはありません」

「おめえら、どこの一家の者だ」

六人は誰も答えない。惣三郎は然軒を見つめた。

「このあたりの一家とすると、雷作《らいさく》じゃねえのか」

その通りです、というように然軒が微笑とともに顎を引く。

雷作というのはやくざの親分のなかではかなりの大物で、一家にいる子分どもは五十人ではきかないのではないか。三、四の小さな一家が配下に組みこまれているとの噂も耳にしている。今、勢いと羽振りのよさで知られる一家である。

然軒が言葉を続ける。

「未明にこの人たちが、この人を担ぎこんできたんです。腹を刺された、手当してほしいと。流れ出た血は相当のものだったのですが、手当が早かったのに加えて、幸い急所を外れていましたから、命に別状はありませんでした」

「幸いねえ。どうせ屑同士の諍《いさか》いだろうから、屑が一人減る機会を逸したとしか俺には思えねえ。——どうだ、どうせ他の一家との争いだろう。ちがうか」

惣三郎は年かさのやくざ者にたずねた。しかし、男は無言を保っている。

「この人たちは、御番所に知らせる必要はないっていったんですよ。しかし、そうはいかないので、手前は助手に走ってもらったのです」

「それは賢明な判断だったね、先生」

「知らせるのなら連れてゆくと、ききわけのないことをいうんです。動かしたらせっかくふさがった傷口が破れ、今度こそ血がとまらなくなる。そうしたら確実に死ぬよ、と脅したら六人ともおとなしくなりました」

「脅しだったのかい」

やくざ者の一人が、おもしろくなさそうにぼそりという。

惣三郎はやくざ者たちに顔を向けた。

「脅しじゃねえよ。動かしたら本当に死んでいたさ。俺としては動かしてもらいたかったが、命冥加《いのちみょうが》な男だったというわけだな。ところでてめえら、俺さまに犯人を探してもらいてえか」

男たちはむっつりと押し黙っている。

「ふん、てめえらで復讐《ふくしゅう》するつもりか。だったら、その前に俺が探しだしてやる」

惣三郎は宣した。然軒に視線を当てる。

「あとのことはよろしく頼むぜ」

「まかせておいてください」

然軒が快活な口調でいった。

惣三郎はやくざ者どもに鋭い一瞥《いちべつ》をくれてから、善吉をうながし、然軒の診療所の外に出た。

「いったい何者ですかねえ」

くだらねえやくざ者さ、と惣三郎は即座に答えようとしたが、善吉がほれぼれしたようにいったので、然軒を指していることに気づいた。

「元は武家だろうが、ずいぶんと颯爽《さっそう》とした医者だったな」

「ええ、かっこよかったですよ。あっしもああいうふうになりたいですねえ」

「無理だ。やめときな」

「どうしてですかい。あっしだってがんばればなれますよ」

「向上しようという気持ちを持つのはいいことだが、雀《すずめ》がどんなにがんばったところで鷹《たか》にはなれねえだろう」

「あっしは雀ですかい」

「鳥なら、そのくらいのもんだろうぜ」

「ひどいですよ、旦那。鷹を持ちだすなら、せめて鳶《とんび》にしてくださいよ」

「おめえは体がちっこいから、雀でちょうどいいんだ。鳶はあれでも相当でけえんだぜ。知らねえのか」

惣三郎は然軒の診療所から、五町ほど西に足を運んだ。目の前に六、七の部屋は優にありそうな屋敷のような家が建っている。ていねいに細工された格子戸が眼前にある。

「やくざってのは儲《もう》かるんだな。こんなのを見ると、まったく早《はえ》えところ商売替えをしたくなるぜ」

「ここは誰の持ち物ですかい」

「おめえには脳味噌ってものがねえのか」

「ありますよ」

憤然といって善吉が考えはじめる。一陣の風が格子戸の向こう側のよく手入れされた木々を騒がしていったあと、口をひらいた。

「ああ、そうか。雷作とかいう親分の家ですね」

「まったくおつむのめぐりの悪い野郎だ」

惣三郎は格子戸に手をかけた。だが、がっちりとした錠《じょう》がおりていた。

「相変わらず用心深《ぶけ》えな」

惣三郎は名乗り、両手でつかんで格子戸をがたぴしいわせた。

「とっととあけやがれ」

二人のやくざ者がすっ飛んできた。

一人が格子戸の向こうから、とがった声できく。

「なにか御用ですかい」

「雷作はいるか。会わせろ」

「親分は風邪を引いて寝ているんですが」

「嘘をつけ。雷作が風邪を引くようなたまか。とっととあけろ」

一人が体をひるがえし、家のなかに入っていった。

「しばらく待っていただけますかい」

その場に残ったもう一人がいった。

「まあ、仕方ねえな。俺は礼儀正しいからな。こんなちんけな格子戸など蹴破るのはたやすいが、そういう真似はできるだけしねえようにしてるんだ」

家に入っていった一人が戻ってきた。もう一人の耳元にささやく。

「どうぞ」

錠に鍵《かぎ》が差しこまれ、格子戸が軽やかな音を立ててひらいた。

善吉をしたがえた惣三郎は敷石を踏んでずんずんと進み、勝手知ったる我が家のように家のなかに入った。一丁前に玄関らしいものまで設けられている。

惣三郎は雪駄のままあがった。

「旦那――」

やくざ者が咎める。

「ああ、これか。どうせ汚《きたね》え金で購《あがな》った家だろう。もともとが汚れているから土足でいいと思ったんだが、なんだ、駄目なのか。――ということだ、善吉。おめえも脱ぎな」

わかりやした、といって善吉が草履を脱いだ。

惣三郎と善吉はやくざ者の先導で家のなかを歩いた。

「本当にでけえ家だな。柱や梁《はり》も、いい材木を惜しむことなく使ってやがる。汚く儲けた金をこんなふうに使いやがって、まったく似つかわしくねえ」

「それでも、大工や材木商は喜んだんですから、いいじゃないですか」

いきなり襖《ふすま》の向こうから声がした。

惣三郎は、廊下に膝をついたやくざ者を手でどかし、自分で襖をあけた。

南側の腰高障子があけ放たれ、涼しい風が吹きこんでくる八畳間に、ちんまりとした年寄りが正座していた。背後に上等そうな布団が敷かれている。かすかに薬湯のにおいが漂っていた。

左側の部屋との境になっている襖もあけられている。そこには二人の用心棒が刀を抱いて座りこんでいた。

一人は餌《えさ》をたっぷり食らった猪《いのしし》のようにでっぷりとし、もう一人はさびた釘《くぎ》のようにやせている。二人とも鋭い目つきをしているのが共通していた。

「なんだ、風邪っていうのは、本当のことだったのか」

惣三郎は年寄りの前にどかりと腰をおろした。善吉は惣三郎のうしろに正座した。いい香りのする畳の手触りを確かめている。

「ええ、手前は嘘は申しません」

雷作が目を和ませて穏やかにいった。だが、人を圧する気を強く発している。このあたりは、さすがに大勢の子分を束ねる者だけのことはあった。

「それがもう嘘じゃねえか」

惣三郎はにやりと笑って決めつけた。

「雷作、さっそく本題に入らしてもらう。今日の未明、子分の一人が大怪我《おおけが》をしたな。ありゃ、いってえどうしてだ」

「さあ、手前にもわかりません。なにしろ子分の数が多すぎるもので」

子分どもと同じでどうやら話すつもりはねえようだな、と惣三郎は思った。

「雷作、子分のことを把握《はあく》できねえなら、親分なんてやめちまうことだ」

惣三郎はすっくと立った。

「善吉、行くぜ」

「えっ、もうですかい」

「長居したところで、なにもいいことなんかねえよ」

「上等のお酒をおだししますが」

「いらねえ。上等の酒っていっても、おめえの顔を見ながらの酒じゃあ、まずいに決まってるからな」

雷作が苦笑を頬に刻む。

「河上の旦那は相変わらずですねえ」

「癇《かん》に障《さわ》ったか」

「まさか。このくらいで腹を立てていたら、親分はつとまりませんよ」

「おい、雷作」

惣三郎は、相手が小僧のように気軽に呼んだ。

「歳《とし》を取ったな。死相が出てるぜ。おめえもきっと長くねえな」

雷作の眉間《みけん》にかすかなしわが寄った。

それを確かめてから、惣三郎は家の外に出た。再び敷石を踏んで、格子戸を抜ける。途端に強い陽射しが頭を焼きはじめた。笠がほしいな、と思った。歩きだしながら惣三郎は深く呼吸をした。

「ふう、まったく気のよどんだ家だったな。息がつまったぜ」

「旦那の最後の台詞《せりふ》、さすがにこたえたようでしたね」

「雷作が歳を取ったのは本当のことだ。もう七十近いだろうからな」

「でも、やっぱり迫力がありましたね」

「前はもっとあったんだ。体も少し小さくなっていたな」

惣三郎は空を見あげた。高くのぼりつつある太陽は猛烈な熱を放っている。雲は散らされてしまったようで、一片たりとも空にはない。

「死相というのは本当ですかい」

「俺にわかるわけがねえ」

惣三郎は小さく笑ってかぶりを振った。

「ただ、やつに死期が迫っているのはまちがいねえんじゃねえかって気がしたのは確かだ」

第二章

一

吉原に行ったのは、二度目である。

一度目は、家中の先輩に連れていかれたのだ。

重兵衛は行きたくなかったのだが、話の種にということで、先輩三人に無理矢理につき合わされた。

むろん金などたいして持っていない勤番侍だから、そのとき行ったのは切見世《きりみせ》といわれる最も安い遊女のところである。切見世は、おはぐろどぶ沿いにある二つの河岸に位置している。

いわゆる、ちょんの間という短い時間の遊びだったが、重兵衛は遊里などは苦手中の苦手で、見世には入ったものの、遊女に手をだすことは一切なかった。

酒を少し飲み、それでお茶を濁したのを今もはっきりと覚えている。あのときは、実に居心地が悪かった。ちょんの間といっても、ひどく長く感じた。

代は確か、二百文だったような気がする。無理に誘われたといっても、先輩がもってくれるはずはなかった。

代金のことは関係なく、昨日、作之助に吉原に連れてゆくようにいわれたときは、なんとかして断りたかった。あんな居心地の悪さは二度と味わいたくない。

しかし、なんとも断りようがなかった。なんとしても吉原に行きたいという作之助の熱意に押されてもいた。

だから、作之助を吉原に連れてゆくだけで、俺は見世にはあがらぬ、と強く心に決めていた。

昨日の七つ半頃、ここ白金堂を出た重兵衛と作之助は江戸の町を歩きに歩いた。

二刻ばかりかかって、浅草《あさくさ》に出て、それからようやく吉原に通じる日本堤《にほんづつみ》にたどりついたのである。

日本堤を歩き、吉原の入口となっている五十間道《ごじっけんみち》に入ろうとしたところで、作之助が足をとめた。見つめていたのは、一本の柳だった。

これは、吉原をあとにする客たちが、もっといたい、また来たいという思いから、このあたりまで来ると必ず振り返るということで名づけられた見返り柳である。

それから、重兵衛と作之助は吉原の大門《おおもん》へと向かった。五十間道の両側には、茶屋がずらりと立ち並んでいる。

ここで作之助は、吉原細見という一冊の冊子を買い求めた。これは、どこの見世にどんな遊女がいるのか、そして代はいくらかかるのか、それらがすべて詳細に載せられているものだ。

大門の前で、作之助は吉原細見にしばらく真剣な目を落としていた。重兵衛、ここにするか、と吉原細見を見せてきたが、作之助がどの見世にしようがかまわなかった重兵衛はさして熱心ではなかった。うむ、ここでよいとだけ答えた。

代のほうは大丈夫か、と一応たずねたが、ここならば二人であがっても大丈夫そうだと作之助はいった。

重兵衛はすぐに、おぬしを連れてはきたがあがる気はないぞ、といった。今度は作之助がびっくりした。どうして、と声をうわずらせてきいてきた。

どうしてもなにもあるか、おぬしが行きたいといったから連れてきたまでだ、と重兵衛は告げた。俺はあがる気はない。俺には将来を誓い合った女性がいるゆえ、裏切ることはできぬ。

そうか、そうだよな、といったきり作之助は束の間、黙っていた。おそのどのとじき一緒になるのに、吉原に来る必要はないのだものな。来てくれただけありがたいというものだ。

それから、またも作之助は沈黙した。やがて重兵衛の耳に届いたのは、うむ、一人ならもっといい見世に行けそうだな、とのつぶやきだった。

いそいそと再び吉原細見をひらいた作之助は見世を選び直し、やがて、ここにする、と細見を指さして重兵衛にいった。

作之助が選んだのは、吉原にある大見世、中見世、小見世のうち、小見世の一軒だった。大見世にあがるには引き手茶屋を通さなければならないが、小見世や中見世ならその必要はない。そのまま見世にあがることができる。これは素あがりと呼ばれていることを、重兵衛は知っている。小見世なら格が下で、代も安い。

いくら作之助が殿から講義の褒美をいただいたといっても、主家は三万石の大名でしかなく、額は知れていよう。

ここでよいかな、と心配そうにきいてくるので、あれだけときをかけて選んだのだ、きっといい見世に決まっている、と重兵衛は作之助の背中を押したのだ。

そうだよな、と作之助は深くうなずいていった。重兵衛と一緒に行けぬのはとても残念だが、祝言を控えている男に無理強いはできぬものな。

楽しんでこい、と重兵衛は作之助に笑顔でいった。うん、そうなるようにがんばる、と作之助は答え、その小見世の者に大小を預けた。

じゃあ行ってくる、と作之助は白い歯を見せ、なかに消えていったのだ。

それを見届けて、重兵衛は多くの客でにぎわう吉原を抜け、白金村に戻ってきたのである。

白金堂に帰り着いたときには、すでに四つはすぎ、九つに近かった。それからすぐに布団に横になり、眠りをとった。

まさに眠りをむさぼったというのが正しいくらい、疲れていた。往復で四刻歩いただけなのに、こんなに疲れてしまうなど、体がなまりすぎている。今朝起きたとき、重兵衛は鍛錬の必要を感じた。

もっとも、これだけ疲れきったのは吉原という、行きたくない場所に行ったせいもあったのかもしれない。ああいうところは神経がひじょうにくたびれる。

それでもたっぷりと寝たおかげで、今日の手習はいつもの調子を取り戻せた。手習子たちも熱心に学問に励んでいた。和やかな風が流れながらも、教場にはぴりっとした緊張の綱が張られた感じで、とてもよい雰囲気のなかで手習が行われた。

今日の出来はよかった、とあらためて思い、重兵衛は左肩をとんとんと叩いた。軽い痛みがあるが、それがむしろ心地よい。

明日も今日と同じような出来になればいい。いや、もっとよい出来の手習を目指さなければならない。

重兵衛は文机の上に置いた湯飲みに手を伸ばし、茶を喫した。

薄くいれすぎたか、あまり味がしない。自分でいれると、逆に濃くなりすぎたりして、あまりうまくない。

湯飲みを文机に戻した。昨日の作之助の影響があり、いま目の前に広げられている書物は『中庸』である。

作之助はたいしたことはないといったが、やはりなかなか手強い。すとんと胸に意味が落ちてこない。

重兵衛は湯飲みに再び手を伸ばした。軽い。空だった。

いれ直すか、と立ちあがろうとしたとき、教場の戸口のほうから、訪う声がした。女の声だ。

おそのの声にきこえた。ききまちがいなどではない。

重兵衛は急ぎ足で戸口に向かった。

立っていたのは、やはりおそのだった。笑みを浮かべている。

「やあ」

会うのは挨拶以来なので、なんとなく気恥ずかしさを覚えて、重兵衛はあげた右手が少しこわばったのを感じた。

同じ気持ちなのか、おそのも笑いが少しかたい。

だが、すぐに打ち解けられるのはわかっている。話をはじめれば、ぎこちなさなどあっという間に消えてしまう。

「おそのちゃん、いらっしゃい」

重兵衛は明るく声をかけた。

「こちらから行こうと思っていたが、ちょっと本を読みだしたら、とまらなくなってしまって」

「どんな本ですか」

興味の色を表情に濃く刻んで、おそのが問う。

重兵衛は伝えた。

おそのが首をひねる。

「中庸ですか。読んだこと、ありません。どんな内容の本ですか」

答える前に重兵衛はおそのにあがってもらうことにした。

「お邪魔じゃないですか」

重兵衛はにこやかに笑った。

「おそのちゃんが邪魔なことなど、あり得ぬ」

居間にいざなう。

「読んでいたのは、これだ」

重兵衛は中庸を指さし、文机の前に正座した。おそのが控えめに隣に座った。着物と着物がくっつきそうだ。おそのの肌のあたたかみが感じ取れる。おそのは中庸をじっと見ている。

甘いにおいが寄せてくる。なんともかぐわしい。

抱き寄せたくなる。その衝動を重兵衛はなんとか抑えこんだ。一緒になるまで手をだすわけにはいかない。

中庸を手に取り、どんな中身なのか、重兵衛は平静な口調で語ってきかせた。昨日の作之助の受け売りである。

おそのが感心した顔になった。

「人と自然とのつながりの真理ですか。むずかしそうですね」

「うん、むずかしいと思う。だが、考えてみれば、自然を相手にときに格闘している百姓衆が読んでも、いいのではないか、という気がしている」

「そうですね。中庸が誰でもわかるように説明したものがあればよいのに」

そうだな、と重兵衛は深くうなずいた。

「そういうものがあれば、手習にも使えるだろうし」

脳裏に、のほほんとした顔が浮かんだ。作之助ならやってくれるだろうか。

喜んでやってくれるのではないか。そんな気がする。あの男は他人から置き去りにされたような鈍さがあるが、元来、人はよい。常に世のため、人のため、役に立ちたいと思っているようなところがある。それがまわりに解されないだけだ。

おそのが空の湯飲みに気づいた。

「お茶、召しあがりますか」

「いれてくれるのかい」

「はい、もちろん」

「では、頼もうかな」

湯飲みを手にしたおそのが立ちあがり、台所のほうに姿を消した。だが、残り香は霧のようにわだかまっている。

重兵衛は、また抱き締めたい気持ちに駆られた。しかし、そんなことはできない。おそのは重兵衛を信頼して、この家に一人でやってきている。

重兵衛は深く呼吸をし、心を落ち着けようとした。うまくいったとはいいがたいが、少しは気持ちが凪いだような気がする。

重兵衛は台所のほうへ視線を向けた。ここからでは壁が邪魔をして見えないが、かすかに食器の触れる音がしている。

おそのは、この家の間取りはもとより、どこになにがあるか、もう完全にわかっており、いつ嫁入りしてきてもいいくらいになっている。

それも当然だろう。ここには、おそのはすでに数え切れないくらい足を運んでいるのだから。重兵衛は何度も食事をつくってもらっている。

おそのは包丁が達者だ。なにもできないと自分ではいっていたが、そんなことはない。立派なものだ。

特に味噌汁がうまい。それと、自分の家でつけたというたくあんだ。飯の友として最高だった。

今日も夕餉《ゆうげ》をつくってくれるのではないか。重兵衛にはそんな期待がある。

おそのが戻ってきた。湯飲みが二つのった盆を手にしている。

お待たせしました、といって両膝をついたおそのが湯飲みを文机の端に置いた。すまぬ、と重兵衛は軽く頭を下げた。

おそのは自分の分の湯飲みは盆にのせたまま、畳に置いた。

ではいただくよ、といって重兵衛は湯飲みを手に取った。気持ちを爽快にする香りが鼻先を漂ってゆく。

口をつけ、ゆっくりと湯飲みを傾けた。ぬるくもなく熱くもない、ほどよい熱さにいれられており、喉越しが実によい。こくが感じられ、うまい、とたまらず声が出た。ほっと吐息も出た。

おそのも喫している。白い喉が小さく動いていた。

重兵衛は目をそらした。

「いかがされました」

顔を向けると、おそのの心配そうな顔が眼前にあった。瞳が潤んでいる。重兵衛はそんな気がした。

知らず抱き寄せていた。おそのは待っていたかのように、重兵衛の胸に顔をうずめてきた。

重兵衛は、甘い香りに全身を包まれたのを知った。

腕のなかで震えているおそのがそっと顔を動かし、見あげてきた。先ほどよりずっと瞳が濡れたようになっている。唇が花弁のように揺れている。

重兵衛は顔を寄せた。唇がおそのの唇に触れる。頭がしびれたようになり、重兵衛は強く吸った。

おそのが、ああ、と声を漏らす。うれしさに満ちた声だ。

唇を離した重兵衛は柔らかな体をかたく抱き締め、じっとしていた。心が自然に安らいでゆく。

「ずっとこのままでいたい」

おそのがつぶやく。声がにじんでいた。泣いているようだ。

重兵衛はもう一度、唇を吸いたかった。おそのも同じ思いのようで、二人は同時に顔を動かした。

また唇が触れ合った。さっきよりももっと強く吸う。おそのもこたえてきた。

重兵衛は、このまま畳に押し倒したい気持ちになった。よいのではないか。どこからかそんな声がする。先に進んでしまえ。どうせ夫婦になるのだから。

しかし、その気持ちは一瞬にして冷めた。いけないことだ、と重兵衛が気づいたからではない。手習所の戸口のほうで、訪う声がしたからだ。

おそのもきいたようで、はっと体をかたくした。

重兵衛は、そんなおそのを見つめた。いとおしくて堪《たま》らない。おそのの顔を見ていると、どうしてか涙が出そうになる。守っていかなければ、と思う。

「もっとずっと抱き合っていたかった」

おそのが、ふふ、と微笑する。

「私もです」

重兵衛は立ちあがった。衣服に乱れはないか、確かめてから居間を出た。出しなにおそのを見る。

おそのは裾《すそ》を直して正座しているが、顔が上気しているのは隠せない。

「私、帰ります」

重兵衛はかぶりを振った。

「もっと一緒にいたい」

おそのが顔を輝かせる。

「うれしい。ここにいればよろしいですか。でも、大事なお客さまだったらお邪魔になりませんか」

「おそのちゃんならならぬ」

戸口のほうから、先ほどより大きな声で重兵衛を呼ぶ声がきこえてきた。

重兵衛は気が抜けた。

「なんだ、作之助だよ」

「ああ、作之助さまですか」

重兵衛に劣らず、おそのもほっとした表情を見せた。

「では、待っててくれ」

おそのがこくりと顎を動かす。重兵衛は腰高障子をそっと閉めた。おそのの笑顔が消えてゆく。それだけで、なにか物寂しい思いにとらわれた。

すぐに会える。自らにいいきかせて重兵衛は廊下を歩きだした。

「よお、重兵衛」

にこにこ顔で立っていたのは、やはり作之助だった。陽射しがよほどきついのか、汗みどろだ。てかてかと油を引いたように顔が光っている。

「ずいぶんとご機嫌だな」

重兵衛は声をかけた。作之助がさらに相好を崩す。

「当たり前だ。昨日の今日だぞ」

「そんなによかったのか」

「ああ、すばらしいところだ。俺は目覚めた気分だよ。今までいったいなにをしていたという感じすらする」

作之助が下を見る。視線は自分の股間に当てられている。

「せがれも立派に一人前だ。親の俺は至極満足だ」

「ふむ、そうか。無事に筆おろしは終わったか。作之助は別人になったのだな。いわれてみれば、自信満々に見える」

そうだろうそうだろう、と作之助がうれしげに鼻をうごめかせる。

「なぜ重兵衛はあがらなかった、と憐《あわ》れみすら覚えたぞ」

「俺はよいのだ」

作之助がしげしげと見つめてきた。

「重兵衛、おぬし、妙に汗ばんでないか。それにいいにおいがしているぞ」

作之助が、くんくんと犬のように鼻を鳴らす。

「客人か」

女物の草履を見て、いった。

「おっ、おそのどのが来ているんだな。おぬし、まさか、よろしくやっていたのではあるまいな」

「そ、そんなことはない」

「なに、つっかえているんだ」

「つかえてなどおらぬ」

まあいい、と作之助がいった。

「早くおそのどのに会わせてくれ。あのかわいい顔を拝みたい」

「その前によいか、作之助」

あがろうとする作之助を、重兵衛は軽く制した。

「いわずともわかっているだろうが、吉原のことは決して口にするな」

声をひそめていった。

「どうして」

作之助が不思議そうにきく。

「許嫁《いいなずけ》が吉原へ行ったときいて、うれしがる女は一人もおらぬ」

「しかし、重兵衛はなにもせずに帰ったではないか」

「その通りだが、女はむずかしいところがある。額面通りに受け取ってもらえぬことだってあろう」

「おぬし、信用がないんだな」

「信用はある」

重兵衛は少し強い口調でいった。

「あるが、諍いの種になりかねぬものは無用ということだ」

わかったよ、と作之助がいった。

「そんな怖い顔をせずともよい。昨日のことは口にせぬ。安心しろ、重兵衛」

作之助が肩を叩いてきた。

「約束だぞ」

「俺が約束を破ったようなことがあるか」

さてどうだったかな、と重兵衛は考えた。その前に作之助があがってきた。

「早く行こう」

重兵衛は、作之助と肩を並べて廊下を歩きだした。

居間の前まで来た。腰高障子に向かい、おそのちゃん、と呼びかける。

はい、と静かな声が返ってきた。

「声もかわいいなあ」

作之助がうっとりしていう。

「あけるよ」

重兵衛は腰高障子を横に滑らせた。正座しているおそのが、作之助に向かって頭を下げる。

うなじがどきりとするほどまぶしい。重兵衛は目を奪われた。

「おそのどの、こんにちは」

作之助が快活に挨拶する。

「早く顔をあげてくれぬか」

おそのがその言葉に素直にしたがう。

「ああ、なんてかわいいんだ」

作之助が首を大きく振る。

「昨日もいい娘が相手をしてくれたんだが、おそのどののような娘だったら、もっとよかったのに」

「昨日も」

おそのが頭をかしげてきく。

「なに、昨日、重兵衛が——」

「作之助っ」

「ああ、いかんいかん」

作之助が大仰に口に手を当てた。

「いってはいかんことだった。重兵衛に口どめされていた」

この馬鹿、と重兵衛は思ったが、口にだすことはできない。

「口どめってなにをですか」

おそのの眉がぴくりと動いたような気がした。

「いや、なんでもない」

作之助が作り笑いをする。

「おそのどの、忘れてくれ」

はい、といったが、おそのの顔から怪訝そうな色は消えない。不審げな目を重兵衛に向けてきた。

「重兵衛さん、昨日、作之助さまとどちらにいらしたのですか」

「いや、あの、その」

「重兵衛、すまぬ。こうなったら洗いざらい話したらどうだ。別におぬしは悪いことをしたわけではない」

「作之助、おぬし……なんということを申すのだ」

そのあとは言葉にならなかった。

「ああ、まずかったか」

ぽかんとした顔の作之助が鬢《びん》をかいていう。重兵衛はうなることしかできなかった。

作之助がおそのの顔を見つめる。

「おそのどの、確かに重兵衛は俺を吉原に連れていってくれた。だが、俺を登楼させてすぐに――」

「重兵衛さま、吉原に本当にいらしたのですか」

おそのがかたい声できく。

「いや、その」

「ああ、重兵衛は確かに行ったんだ。だが、おそのどの――」

「ひどい」

おそのが立ちあがり、居間を飛びだしてゆく。顔を両手で覆っていた。

重兵衛は追おうとした。

「重兵衛、すまぬ。この通りだ」

その前に作之助が頭を深々と下げてきた。重兵衛はなんとなく足をとめた。

「俺のしくじりがおそのどのを怒らせ、悲しませてしまった。重兵衛、すまなかった」

今にも泣きそうな顔をしている。

「いや、まあ、なんというべきか」

重兵衛はいうべき言葉を持たなかった。お美代はこのことを予言していたのだろうか。そんなことが頭をめぐった。

作之助がふと顔をあげて、それにしても、といった。

「女はほんとむずかしいなあ。うちの母上も似たようなところがあった。ちゃんと最後まで話をきけばいいのに、すべてわかるのに。そうは思わぬか、重兵衛」

のんびりというから、重兵衛は頭を思いきり叩きたくなった。よく善吉を殴りつけている惣三郎の気持ちが初めてわかったような気がした。

「どうした、重兵衛。なにをしげしげと見ているんだ。おそのどのを追わぬのか。こういうときは、追ったほうがよいぞ。女のことは俺はさっぱりだが、おそらくそういうものだと思う」

のほほんとした顔を見ていたら、腹を立てているのも馬鹿らしくなってきた。

「行ってくる」

「ああ、がんばってこい」

重兵衛は廊下に足を踏みだした。

「ああ、そうだ、重兵衛」

背中を呼びとめられた。

「また吉原に連れていってくれるか」

重兵衛は唖然とした。

「行かぬ」

「どうして。おぬしが連れていってくれぬと、俺は行けぬのだ。なにしろ町人どもはいくら道をたずねてもまともな行き方を教えてくれぬのだからな」

「昨日はどうやって帰ってきた」

「駕籠《かご》だ」

「また駕籠を頼むんだな」

「無理だ。もう金がない」

「だったら、吉原に行く金もなかろう」

こうして作之助との会話にじっとつき合っている忍耐強さを、我がことながら重兵衛はほめたくなった。

「それはなんとかする」

「だったら、駕籠代もなんとかするんだ」

「冷たいな、重兵衛」

「とにかく作之助、俺はおそのどののところに行ってくる」

ではな、と重兵衛は廊下を走りだした。

「ああ、重兵衛。ちょっと待った」

重兵衛はすぐさま立ちどまった。

「今度はなんだ」

「俺はどうすればいい。ここにいてもかまわぬか」

「中屋敷に戻らずともよいのか」

「夜までに帰ったほうがいいと思う」

「だったら、帰れ」

重兵衛、と廊下に出て作之助が呼びかけてきた。

「怒ったのか」

いたずらを叱られてしょんぼりした犬のような顔をしている。

重兵衛は力が抜けた。微笑を浮かべる。

「怒ってなどおらぬ」

作之助が愁眉《しゅうび》をひらく。

「まことか」

「まことよ」

重兵衛は作之助に歩み寄った。

「俺たちは無二の友ではないか。絆はこのくらいで断ち切れるものではない」

「ありがとう、重兵衛」

いきなり作之助が重兵衛の胸に顔をうずめてきた。

「おぬしはやさしいなあ。だから、おなごにもてるのであろうな」

重兵衛は作之助を静かに引きはがした。

「では、行ってくる」

「しかし重兵衛、おぬしの胸はいいにおいがするな。おそのどのが発していたにおいと同じだぞ。俺はうっとりしてしまったよ」

作之助が顔をあげてじろじろ見る。目尻を不意に下げた。

「重兵衛、やはりよろしくやっていたのではないのか」

「うるさい」

重兵衛は今度こそ、ずんずんと廊下を歩きだした。

「否定はせんのだな」

「うるさい」

重兵衛は教場の戸口から外に出た。まばゆい陽射しに包みこまれる。

太陽はだいぶ傾いているが、まだまだ勢いはすさまじい。当分、空からおりるつもりはないようだ。

梅雨の真っ最中だが、どこからか蟬《せみ》の鳴き声がきこえる。今年は空梅雨《からつゆ》なのか、それとも夏の訪れが早いだけなのか。

白金村は緑一色に覆われている。田畑に這《は》いつくばり、ゆっくりと動いている人影が何人も見える。

この村の百姓衆は働き者ばかりがそろっている。あの人たちのためにも、空梅雨だけは避けてほしい。干ばつはときに飢饉《ききん》をもたらすことがある。

そこまで行かずとも、不作だと現金での収入がなくなり、百姓衆の暮らしに大きな障りが出かねない。

重兵衛は急ぎ足で、新川沿いの土手道を歩いた。途中、何人もの村人とすれちがった。重兵衛は快活に挨拶をかわした。

一人だけ、重兵衛に向かって、大丈夫かい、といってきたばあさんがいた。

おゆのといい、もう七十をいくつかすぎているはずだが、足腰はしっかりし、歯もほとんど全部そろっている。目もちゃんとしているし、よく食べるともきく。まさに矍鑠《かくしゃく》としたばあさんだ。

今も蔬菜《そさい》の入った駕籠を小さな体に背負っているが、なんのふらつきもない。足は地面に根が生えたようになっている。

「なにがですか」

耳だけは少し遠くなっており、重兵衛は声を張りあげた。

「おそのちゃんだよ」

重兵衛は黙って耳を傾けた。

「重兵衛さん、おととい田左衛門さんのところに挨拶に行ったんだろう。結納の日取りも決めたっていうじゃないか。それなのに、おそのちゃん、さっき泣きながら、あたしの前を走っていったんだよ。なにね、あたしはちょっと疲れたんで、道端に座りこんでいたんだけどね」

「さようですか」

「なにがあったんだい」

真っ黒な顔のなかに浮いたようによく光る瞳に興味津々の色を浮かべて、おゆのがきいてくる。

「まさか重兵衛さん、狼藉《ろうぜき》に及ぼうとしたんじゃないだろうね」

ちょうどそばを村人が通りすぎようとしているときだった。

「いえ、そんなことはありません」

重兵衛は大声で否定した。

おゆのがにかっと笑う。

「若いうちはそのくらいよくあることだよ、気にしなさんな」

強く肩を叩いてきた。ぱしんと張りのあるいい音がした。

「あたしも死んだじいさんに、ほとんど手込め同然にされたもんさ。でも結局、共白髪になるまで連れ添ったからねえ。きっと重兵衛さんとおそのちゃんもそうさ」

いつしかおゆのがうっすらと涙をにじませていた。

「あの仲よかったじいさんも、五年前に死んじまった。死ぬまで風邪一つ引かなかったのに、ぽっくりと逝《い》っちまった。人ってのは、わからないもんだねえ。今頃あの世で一人、なにをしているのかねえ。まさか若い身空で散った娘を、手込めになんかしていないわよねえ」

はあ、と重兵衛はいった。

「大丈夫と思いますけど。おゆのさん、ではこれで失礼します」

「ああ、重兵衛さん、引きとめてすまなかったね」

重兵衛はていねいに辞儀してから再び歩きだした。

「重兵衛さん、今度狼藉に及ぶときはもっとうまくやるんだよ」

うしろからいわれ、重兵衛は振り返った。にこりと笑う。

「狼藉はしておりません」

重兵衛は歩を進めだした。またも、おゆのの声が追いかけてくる。

「そうかい、重兵衛さんがそういうんなら、そういうことにしておこうかね」

重兵衛は田左衛門の家の前に来た。おとといくぐったばかりのどっしりとした長屋門が出迎えた。

門は広々とあいている。来る者を拒まずといったおおらかさが感じられるのは、田左衛門の人柄だろう。

門を抜けた重兵衛は母屋に向かって進んでいった。二十羽ばかりの鶏が放し飼いされ、競い合うように首を上下させて、地面の虫をつまんでいる。ももが太く、焼いて食べたら歯応えがあってさぞかしうまかろう、と思った。

しかし、今はそんなことを考えている場合ではなかった。おそのに会って、誤解を解かなければならない。

母屋の庇《ひさし》の下で、奉公人らしい年老いた男女が、やや涼しさを感じさせはじめた風に吹かれつつ農具の手入れをしていた。

「あっ、重兵衛さん、いらっしゃい」

女のほうが立って挨拶し、近づいてきた。確か名を、おきりといった。

重兵衛は挨拶を返した。それから用件を告げる。

「おそのちゃんに会いたいのですが」

「ああ、そういえばさっき帰ってらしたわね。泣いているように見えたけど」

なにかしたの、という目でおきりが重兵衛を見つめる。

「会えますか」

「ちょっと待ってくださいね。今きいてきますから」

おきりが重兵衛の前を去り、戸口を入らずに母屋の庭側へとまわってゆく。そちらには濡縁があり、田左衛門たちが暮らす部屋が並んでいる。

いったん家の角で姿が見えなくなったおきりが、すぐに戻ってきた。重兵衛の前に立ち、まっすぐ見つめてくる。

おそのちゃんの返事はどういうものだったのだろう、と重兵衛は束の間、胸がどきどきした。

「お会いになるそうです。重兵衛さん、こちらにどうぞ」

ありがとうございます、といって重兵衛はおきりのあとについた。

少しは弱まった陽射しを浴びて、おそのが濡縁に立っていた。泣いてはいないようだが、立ち姿がやや寂しげに見えた。

ほっとしたが、胸が痛んだ。重兵衛は会釈してから、おそのの前に立った。

「先ほどのことを説明させてくれるかい」

重兵衛は真摯な口調でいった。

「はい、おききします」

おそのがはっきりと答えた。こちらにどうぞ、といって濡縁に座ってみせる。

かたじけない、といって重兵衛も腰を預けた。

おそのが顔を向けてくる。目がくりっとして輝いていた。涙を流したせいなのか、瞳が洗われたように美しい。

重兵衛はどういうことだったのか、事実だけを述べた。

「おそのちゃんに吉原に行ったことを下手に隠そうとして、作之助に口どめしたことがしくじりだった」

すまなかった、といって重兵衛は深く頭を下げた。

「悲しい思いをさせたね」

「いいんです」

おそのがいった。にこにこしている。

「重兵衛さんのお話をちゃんときかずに、私が馬鹿でした」

じき夕餉だから召しあがっていけば、というおそのの言葉には心を惹かれた。しかし、作之助が待っているかもしれなかった。あの男を家に一人にしているのは、なんとなく不安が残る。

そのことを重兵衛はおそのに告げた。

「では、作之助さまと一緒に食事をされるのですか」

「そういうことになるかもしれぬ」

「作之助さまはなにが好物なのですか」

「あいつはなんなのかな。好き嫌いがあるようには見えぬ。なんでも食べよう」

「好き嫌いがないのは、よいことにございますね」

重兵衛はおそのともっとともにすごしたかった。またおそのをこの手に抱いて、口を吸いたい。

その思いを心に抱いたまま、濡縁から腰をあげた。おそのが濡縁に立つ。

「また来る」

重兵衛は黒々とした瞳を見つめていった。

「はい、お待ちしています。私も重兵衛さんのもとにまいります」

「うむ、待っている」

ではこれでな、といって重兵衛は歩きだした。おそのと夕餉の席を一緒にできたら、どんなにすばらしいだろう。心が弾んでならないひとときにちがいない。

しかし、友垣同士の親愛の情を無視することもできない。

重兵衛は、ようやく暮れだして橙色《だいだいいろ》が混じりはじめた風景のなか、急ぎ足で新川沿いの土手を進んだ。

肌に当たる風も、ひんやりとまではいかないものの、気持ちをさわやかにさせる若干の冷たさをはらんでいる。時季としてこれからさらに暑さは増してゆくというのに、秋を感じさせるような風である。

重兵衛は白金堂の前まで戻ってきた。作之助がどうしているか、気になる。一人で帰ったのか。

『幼童筆学所』という看板が視野に入る。教場の戸口に向かおうとして、おや、と重兵衛は足をとめた。

半町ほど先の土手道の端に男女の二人連れがいるのだが、大丈夫ですか、という声が風に乗ってきこえてきたのだ。

じっと眺めやると、男のほうがしゃがみこんでいる女の背中をさすっているようなのがわかった。

あの様子では、女はさしこみにでも襲われたのかもしれない。

重兵衛は懐《ふところ》に手を当てた。そこには印籠《いんろう》がしまわれている。故郷の母が以前、持たせてくれたものだ。

印籠には、螺鈿《らでん》の精巧な細工がなされている。中身は薬で、さしこみなどの急な腹や胸の痛みに卓効がある。これは、故郷の諏訪の薬屋で販売されている明救丸《めいきゅうがん》という薬だ。

印籠がしっかりと懐にあることを確かめた重兵衛は、暗さがやや増してきた土手道を駆けた。

もし、と二人に声をかける。

「いかがされた」

女の背中をさすっていた男のほうが振り返った。かなりの年寄りだ。しわ深い顔が汗みどろで、まぶたが垂れ下がった目が血走っていた。瞳に、ほっとした色が浮かんだ。十徳《じっとく》を羽織った重兵衛が怪しい者ではないと判断したようだ。

「土地のお方かな。実は女将《おかみ》さんが急に苦しみはじめて」

重兵衛は男の肩越しに、控えめに女をのぞきこんだ。

小さな背中が見えた。意外に肉置《ししお》きが豊かな感じがする。橙色が強いが、どこか渋さを覚えさせる小袖を着ている。上質な着物であるのはまちがいない。

男にくらべたら、だいぶ若いようだ。二十代半ばという風情か。

「さしこみですかな。持病がおありか」

重兵衛は男にきいた。男は女の供の者だろう。二人とも武家ではなく、町人である。女将さんという呼び方から、どこか富裕な家の者であるようだ。

「はい、ときおりひどい痛みに襲われて、このように」

重兵衛に答えた男は、女の背中を再びやさしくさすりはじめた。

「薬はお持ちか」

「はい、ふだんは持っております。しかし、どうしてか今日は切らしてしまっておりまして」

男が情けなさそうに首を振る。見ると、かたわらの草の上に蓋《ふた》のあいた印籠が置かれていた。

「でしたら、こちらはいかがでしょう」

重兵衛は印籠を取りだし、なかから数粒の丸薬をつまみだした。実物を見せて、薬効を説明する。

「女将さん、いかがいたしましょう」

男が女にうかがいを立てる。

「は、はい、い、いただいてください。この痛みをと、取って、も、もらえるのなら、なんでもしてもらいたいから」

女が震える声で、途切れ途切れにいった。

それを耳にして重兵衛は丸薬を三つ、男に手渡した。

「水なしでのめますから」

男が手中の丸薬を確かめる目つきをした。においを嗅《か》ぎ、一つうなずいてから、どうぞ、といって女の手のひらに握らせた。

女は身もだえするように明救丸を口に押しこんだ。白い喉仏が生き物のように上下する。しばらく女は体を丸めたままじっとしていた。薬が本当に効いてくれるものか、確かめている風情だ。

女が顔をあげた。ほっとした顔になっている。脂汗が浮いているが、苦しさは表情にはなかった。全身を覆っていた緊張が解けている。楽になったのだ。

ありがとうございました、と重兵衛を見あげ、かすれ声でいった。

「女将さん、大丈夫ですか」

男が、幾分か安堵をにじませた声音で女にたずねた。

「ありがとう。はい、もう大丈夫です。痛みはおさまりました」

女がゆっくりと立ちあがろうとする。男が即座に支える。

よろけつつ女がまっすぐ立ち、重兵衛を見つめてきた。

「どちらのお方か存じませんが、本当に助かりました」

深々と腰を折る。うなじがちらりと見えた。おそのに劣らず白い。

重兵衛は少しどぎまぎした。

「いえ、困っている人をお救いするのは、江戸の者として当然のつとめです」

重兵衛は、女の腹がふくらんでいるのに気づいた。

「あの、もしや……」

「はい、私は身重《みおも》の身にございます」

腹のふくらみ具合からして、産み月まであと二月もないのではないか。

「あの、お名は」

女に問われ、重兵衛は名乗った。すぐそばの白金堂を指し、あそこで手習所をひらいていることを告げた。

「手習師匠をされているのでございますか」

さよう、と重兵衛は答えた。そうですか、としばらく考えこんでから、気づいたように女が名乗り返してきた。

阿佐《あさ》という名だった。供の者は楽吉《らくきち》といった。

「お阿佐さん、お住まいはどちらですか」

重兵衛はたずねた。

品川《しながわ》とのことだ。白金村からなら、さほど距離はない。女の足でも、半刻かからず着くだろう。しかし、身重の女となれば話は別である。

「私どもは、渋谷村《しぶやむら》に住む両親を訪ねた帰りにございます」

楽吉がお阿佐の言葉を継ぐ。

「女将さんの体のことをご両親はとても心配されているので、わざわざ来ずともいいといってくださっているのですが、孝行の女将さんは十日に一度、必ずご両親のもとを訪れるのです」

「年老いた二人ですから、私、心配でならないのです。元気そうな顔を見ると、ほっといたします。それで仕事ががんばれるということもありますし」

女でも出産直前まで働く者は百姓でも珍しくなく、そのことでむしろお産が軽くなるという話をきいたことがあるが、楽吉という供の者がついていることと身なりのよさからして、お阿佐は身重の身なのにそこまで必死になって働くことはないような身分なのではないか。

　重兵衛は意外に感じた。

「お阿佐さん、仕事をされているのですか」

「ええ、一所懸命がんばっています」

「旅籠《はたご》の女将さんなんですよ」

　楽吉が言葉を添える。

「なにしろ大黒柱といっていいお方ですから、女将さんに休まれると、仕事がまわらない感じです」

「今日はよいのですか」

「いかに大黒柱でもときに休まないと、倒れてしまいますからね」

「では、お阿佐さんは十日に一度、お休みを取っていらっしゃるんですね。そして、そのたびにご両親のもとを訪ねておられる」

「はい、そういうことになります」

これは楽吉が答えた。

十日に一度の休みというのは、かなり厳しいだろう。旅籠の女将というのは、ひじょうにきつい仕事ときいている。

「品川のなんという旅籠ですか」

「柳河屋《やながわや》といいます」

きいたことがあるような気がする。どこできいたのか、それを今ここで思いだすことはできなかった。

だが、自分が知っているということは、やはり相当大きな旅籠といってよいのではないだろうか。

重兵衛はお阿佐にそっと視線を当てた。桃色の肌をした小さくととのった顔立ちを見る限り、とても品川という日の本で最も巨大な宿場にある旅籠を切り盛りしている女将には見えない。

さしこみの余韻というべきものがまだ残っているのか、顔がやや青かった。本調子には戻っていない。

「さしこみは、お子さんを身ごもってからですか」

「いえ、ちがいます。幼い頃からよく起きていました。もう慣れっこになっていますけど、やはり痛いものは痛いですね」

お阿佐が苦笑を口元に含みつつ、いう。

「あの、こんなことをきくのは失礼でしょうが、さしこみはおなかの子に障りはないのですか」

わかりません、といってお阿佐がかぶりを振った。

「お医者にも何度かきいたのですが、はっきりしたことはわからないそうです」

心なしか、お阿佐から元気がなくなってきている。

もしこのまま品川まで歩かせたらどうなるか。またさしこみを起こすかもしれない。薬を持たせればよいのかもしれないが、もし効かなかったらどうなるか。

「それがし、いいえ、手前が品川まで送ってさしあげましょう」

まだときおり、侍だったときの癖が出る。

「いいえ、そのようなことはいけません」

お阿佐が両手をあげて遠慮する。

「しかし、またさしこみが起きたら、いけませんから。手前が品川までおぶってまいりましょう」

「いいえ、そんなことは頼めません……」

「女将さん、万が一のことが起きたらいけません。ここは重兵衛さんのお言葉に甘えたほうが」

楽吉が口から唾を飛ばす勢いでいった。

「本来なら女将さんを手前がおぶっていかなければならないのでしょうが、この歳ですから、ほんの半町も行けないでしょう。それに、大事な跡取りになるかもしれないおなかの子を大事にすることは、旦那さまの遺志にこたえることになります」

その通りでしょうね、とお阿佐がいった。それでも、まだ決心がつきかねているのか、考えこんでいる。

「楽吉さんのおっしゃる通りですよ。遠慮などいりません」

重兵衛は真摯にいった。それが通じたか、お阿佐が深く顎を動かした。

「わかりました。お言葉に甘えることにいたします。でも重兵衛さん、本当によろしいのですか」

「もちろんです」

重兵衛は明快に答えた。すぐさましゃがみこみ、お阿佐に向かって背中を見せた。

「なんてたくましい背中」

お阿佐がうれしそうにつぶやく。すみません、といって重兵衛の肩に両手をかけた。

ずしりとした重みが背中にのしかかった。しかし、若い女性の一人くらいたいしたことはない。

ちょうどそのとき、野良仕事からの帰りの村人が何人か通りかかった。

「重兵衛さん、なにをしているんだい」

一人にきかれた。この男は三造《さんぞう》といい、蔬菜作りの名人といわれている。今日も他の村人の応援に行っていたのかもしれない。

「ちょっと、この女性を家まで送り届けるんです」

ふーん、といって三造がお阿佐に目を当てる。近眼《ちかめ》なのか、目をすぼめている。

「ほう、身重の人かい」

ええ、とお阿佐が照れくさそうな笑みを浮かべて答える。

「さしこみに襲われたものですから、こちらの重兵衛さんのお世話になることに決めました」

「ほう、さしこみにね。――重兵衛さん、どこまで行くんだい」

三造がさらにたずねてくる。

「品川です」

「今からかい。そいつはたいへんだ」

「では、行ってまいります」

「うん、気をつけて行きなよ。足をとめさせて悪かったね。この人はそんなに重くなさそうだが、おんぶしてゆくのはたいへんだ。本当に気をつけなよ」

ありがとうございます、と応じて重兵衛は足を踏みだした。

四半刻の半分も進まないうちにあたりは薄暗くなり、行きかう人の顔も見分けがたくなった。

楽吉が提灯に火を入れた。ぽつりと明るさが灯り、次々と押し寄せてくる夜の波を少しずつ砕いてゆく。

「重兵衛さんは元はお侍なのですか」

背中のお阿佐にきかれた。

「ええ、さようです」

「ご浪人ではないのですね」

「どうしてそう思うのですか」

「ご浪人ならお侍はおやめになったわけではありませんから、先ほど重兵衛さんがされたように、それがしというい い方を手前に変えることはありませんでしょう」

なるほど、と重兵衛は相づちを打った。このお阿佐という女性は聡明なのだろう。旅籠の大黒柱として、きっと気づかいがすばらしいのだ。

「重兵衛さんは、もしやあの手習所に婿入りでもされたのですか」

「いえ、そういうわけではありません。手前は元はさる大名家の家臣だったのですが、いろいろとあったのですよ。それで……」

「では、主家を致仕されたのですか」

そういうことです、と重兵衛はいった。

「やめられたといっても、元侍のお方に背負ってもらってよろしいのでしょうか」

「かまいません。仮に手前が侍だったとしても、同じことをしていたでしょうから」

ありがとうございます、と重兵衛の背中でお阿佐が頭を下げる。

「重兵衛さんが致仕するにあたり、いろいろあったというのは、きかないほうがよろしいのですね」

「できれば」

重兵衛は微笑とともに答えた。よっこらしょとお阿佐を背負い直す。首を曲げて、お阿佐のほうを見やる。

すっかり暗くなり、星が瞬いている空を背景に、白い顔がぽっかりと浮かんでいるように見えた。

「お阿佐さん、手前からもきいてもよろしいかな」

「はい、なんでもおききになってください。答えられることはなんでもお答えします」

「先ほどの楽吉さんの話では、ご亭主は亡くなられたのかな」

「はい、さようにございます」

　悲しげにいった。

「つい半年ばかり前の出来事にございました。まったく急なことでした」

「病ですか」

「はい、お医者の見立てでは卒中とのことです。一緒になってからずっと同じ部屋で寝ていたのですが、ある朝、冷たくなっていました。そんな夫の横で、私はなにも気づかず眠っていたのでございます」

　お阿佐が唇を噛み締めたのを、雰囲気で重兵衛は知った。

「お阿佐さんは、いつ嫁入ったのかな」

　重兵衛は話題を少しだけずらした。

「はい、六年前にございます」

　一転、お阿佐が快活に答えた。

「ご両親がいるとのことだが、お阿佐さんはもともと渋谷村の出なのかな」

「はい、あの村で生まれ、ずっとあの村ですごしてきました」

「女将さんは渋谷村に遊山に出た旦那さまに見初《みそ》められ、柳河屋の女将さんになったのでございます」

ゆえんを楽吉が説明する。

「ご亭主の二親は」

「すでに亡くなっています。もう十年以上も前のことです」

「おなかの子は、夫婦にとって初めての子なのですね」

「はい。できたと知ったときのあの人の喜びようは、すごかったんですよ。まさに天にものぼらん様子でしたから。跳びはねていました」

懐かしむ口調でお阿佐がいう。

「男ならそのまま跡継に、女の子なら婿をもらってやはり跡継にする、とすぐに決めてしまったくらいでした」

それなのに、急な病を得て死んでしまった。無念だっただろう。今も魂はこの世をさまよっているのではないか。

それから四半刻ほどで、品川に着いた。

もう夜のとばりはおりきっていたが、さすがに日の本一の宿場だけのことはあり、大勢の旅人でにぎわっていた。宿を決めてある者はすぐさま街道から姿を消し、まだ決めていない者は飯盛女《めしもりおんな》たちに袖を盛んに引かれている。同じ客の取り合いをしている者が、何組もおり、飯盛女同士、口汚くののしり合っていた。

「こちらです」

重兵衛を先導していた楽吉が足をとめて、一軒の旅籠を指さした。

二階屋である。正面の屋根の下の壁に、大きく柳河屋と記された扁額《へんがく》がかかり、道行く人々を見おろしている。

東海道を旅してきた多数の旅人が次々に、柳河と染め抜かれた暖簾《のれん》を払ってなかに入ってゆく。

一階の土間は武家屋敷の大広間のように広く、すすぎのたらいがたくさん置かれている。上《あ》がり框《かまち》に座りこんで自分で足を洗っている旅人は町人や百姓で、供の者に洗ってもらっているのは侍や富裕な町人のようだ。

一見して、この旅籠にやってきている客は懐の豊かそうな者が多いのがわかる。上客をしっかりとつかんでいる旅籠なのだ。

これならば、女将の仕事は、やはりひじょうにきついものにならざるを得ないだろう。

これだけの上客をつかんで放さずにいる努力というのは、並大抵ではない。いい評判を築きあげるのにはときがかかるが、悪い評判はあっという間に広まる。

この旅籠はいい評判だけを、旅人のあいだでずっと取り続けているにちがいない。そのために、これまでどれだけの努力を払ってきたものか。

女将の帰りが遅いのを案じていたらしい番頭、手代、女中などの奉公人たちが、いっせいに寄ってきた。その数は二十人近くに及んだ。

旅籠にとって最も忙しい時間にもかかわらず、これだけの奉公人が手をとめてお阿佐の無事な姿を一目見ようとしている。いかにお阿佐が慕われているかを、如実にあらわしている。

「ありがとう、みんな。でも、私は大丈夫だから、さあ、仕事に戻って。これからが稼ぎどきよ」

奉公人たちは、お阿佐に寄ってきたときと同じくらいの勢いで散っていった。

「ではお阿佐さん、楽吉さん、手前はこれで失礼します」

重兵衛は腰をかがめた。お阿佐があわて、楽吉がうろたえる。

「あっ、重兵衛さん、いけません」

お阿佐が強い口調でいった。

「夕餉を召しあがっていってください。すぐに支度をさせますから」

「いえ、そうはいきません。手前は夕餉目当てで、お阿佐さんをおぶってきたわけではありません」

「重兵衛さん、そんなかたいことをいわないでください」

お阿佐が懇願する。

「女将さんのいう通りです」

楽吉が強く顎を引き、言葉を継ぐ。

「是非とも召しあがっていってください。それとも、手習所で待っている人がいらっしゃるのですか」

重兵衛は、あっと思った。そういえば、作之助がいるかもしれない。おそのは、夕餉はいらないとはっきり断ったから、白金堂に来ることはないだろう。

「重兵衛さん、いらっしゃるのですか」

お阿佐が真剣な表情できく。重兵衛は、作之助はとりあえず放っておいてよかろう、と判断した。

「いえ、そのような者はおりません」

「よかった」

お阿佐が両手を合わせて、娘のように小躍りする。気づいたように動きをとめた。きらりとまばゆい光を瞳に宿す。

「それと、重兵衛さんに相談したいこともあるのです」

ほんの半刻前に知り合ったばかりというのに、相談を持ちかけられるなど、そんなことがあり得るのか。

「さて、どのようなことでしょう」

お阿佐がいたずらっぽく笑う。

「それは夕餉の席でお話しいたします」

二

呼びとめられた。

ちょうど町奉行所の大門を、善吉とともに出ようとしているところだった。朝日が町屋の屋根をかすめるように斜めに射しこみ、江戸の町を明るく照らしている。

惣三郎は振り返った。立っているのは、伝《でん》ノ助《すけ》という小者だった。町奉行所内の雑用を主にこなし、町に散っている同心に急用ができた際、つなぎに走ることもある。

「どうした。なにかあったのか」

惣三郎は伝ノ助にたずねた。

「はい、今朝、届け出がありまして、河上さまにお知らせするようにと、掛《かかり》の者にいわれました」

「それは、俺の縄張内から届け出があったということだな」

そういうことにございます、と伝ノ助がうなずく。

「赤坂新町《しんまち》五丁目に住む、おしんという女房から、亭主を捜してほしいとの届け出がありました」

「亭主だと。捜す前からこんなことといっちゃあいけねえんだろうが、まず見つからねえだろうぜ」

「はい、それはこちらも重々、いってきかせたそうにございます。しかし、藁《わら》にもすがるという気持ちで、おしんという女房は御番所にやってきたようで、むげに断ることもできなかったそうにございます」

「確かに、御上にも慈悲というものがあるからな」

惣三郎の言葉に、善吉も大きく顎を上下させた。惣三郎は続けた。

「江戸には捜し屋という、人捜しを商売にしている者もいるそうだ。胡散臭《うさんくせ》え者も少なくねえようだが、なかには本物の腕っこきもいるらしい。本物はほんのちょびっとしかいねえようだが、それはどんな商売にも当てはまるもんだ」

「旦那は、本物の同心ですね。御番所きっての腕利きですものね」

茶化しているわけではなく、珍しく善吉は大まじめにいっているようだ。

まあな、と惣三郎はさらりと答えて、軽く腕組みをした。

「それにしても、人捜しが立派な商いになるんだから、この町から不意にいなくなっちまう者ってのは、おびただしい数にのぼるんだろうな」

伝ノ助に目を向ける。

「亭主の名は」

「良三《りょうぞう》というそうです」

「その良三という亭主がどんなふうに消えたのか、子細はきいているのか」

「はい、その旨は届出書に記されておりますが、できれば、河上さまにそのおしんという女房に会って話をきいてもらいたいとのお達しにございます」

「忙しい俺に、亭主が失踪した女房に会えっていうのか」

「申しわけないことにございますけど、上からのお達しですので」

惣三郎は顔をしかめ、首筋をがりがりとかいた。

「わかったよ。話だけはきこう。亭主の人相書はあるのか」

「それも申しわけないですが、河上さま、女房にお会いしたときにお願いできないでしょうか」

「俺に人相書を描けっていうのか」

「なにしろ河上さまは人相書の達者でいらっしゃいますから」

うん、という顔で惣三郎は伝ノ助をじっと見た。

「おめえ、いま達者といったか。まあ、確かに俺は絵の才はたいしたものだけどな、達者というほどじゃねえよ」

「そんなことはありません。誰もが河上さまの才はすばらしいとほめていらっしゃいますから、達者という言葉こそがふさわしいと手前は思っております」

「うれしいこと、いってくれるじゃねえか」

惣三郎はにこにこした。実際のところ、絵を描きはじめたのは、つい最近のことである。絵筆を握っているときは憂さを忘れられると同僚の一人がしみじみといったので、最初は馬鹿にしていた惣三郎も非番の日、暇に飽かせて試しにやってみたところ、意外にこれがおもしろかったのだ。

愛用の茶碗を描いたのだが、びっくりするほどうまく描けた。驚いたのは自分だけではなく、妻も同じだった。

それで妻の似顔を描いてみた。これもよい出来だった。

これなら人相書を描いてもいけるかもしれねえ、ということで、惣三郎は実際に町奉行所内で描いてみたのだ。

やはり同僚たちや小者たちにも好評で、人相書を描くことを上の者から許されたのである。

「わかったよ。おめえがそんなにいうんなら、俺が描いてやる」

よろしくお願いします、と伝ノ助が深く腰を折る。

「まかしておきな。いいのを描いてやるから、安心しておけ」

伝ノ助が善吉になにか目配せした。感謝の思いを伝えたように惣三郎は感じた。

ははーん。つまりどういうふうにいえば俺の気分がよくなるか、善吉の馬鹿が伝ノ助に伝えたってことかい。

惣三郎は心中でにやりとした。

見え透いているところがかわいいじゃねえか。そのかわいさに免じて、なにもいわねえでおいてやるか。

おしんという女が赤坂新町五丁目のどこに住んでいるか、伝ノ助にきいてから惣三郎は善吉を連れて歩を進めはじめた。

「旦那、然軒先生のところにいるやくざ者は、どうしてますかね」

惣三郎は、うしろをくっついてくる善吉をちらりと振り返った。

「死んだんじゃねえか」

「それはないでしょう」

「まあな、あの然軒という先生は相当いい腕だ。死なせやしねえ」

惣三郎は顔を前に戻した。風が吹きすぎてゆく。湿り気を帯びた風で、着流しの裾が足にべたりと貼りついた。

惣三郎は足をじたばたと動かしたが、うまくいかず、手で裾を引きはがした。

「あのやくざ者、安静にしてなきゃいけねえといったが、あれから二日たったから、今頃は一家の家に連れられていったんじゃねえのか」

「たった二日ののちにそんな無理をさせたら、やっぱり死んじまうんじゃないんですか」

「かもしれねえ。だが、やくざ者の一人が死のうと、たいしたことじゃねえさ。むしろ屑が一人減るんだ。町がきれいになっていいじゃねえか」

そういうものですかねえ、と善吉が首を振っていった。

「そういうものさ。今回の件だって、雷作たちは内輪もめっていうことで始末をつけたいようだ。それでいいじゃねえか。やくざ者がなにをしようと、俺たちは放っておきゃいいんだ」

「真相を知る必要はないと」

惣三郎は笑った。

「暴くだけの真相があるのなら、俺だってとことんやってやるさ。だが、今のところは様子見だな」

あの、と善吉がいった。

「旦那はもしやくざ者が殺されたら、放っておくんですかい」

惣三郎はぎろりと目玉をまわして、善吉を見つめた。

「やくざ者同士のくだらねえ諍いで殺されたんなら、まず放っておくだろうな。前もいったが、屑が減るのはむしろ喜ぶべきことだからだ。だが、これが町人が絡んでいるようだったり、なにか奥に妙なものが隠されているようなことだったりしたら、探索は徹底してやる」

さいですかい、といって善吉がうれしそうな笑みを見せた。

「やくざ者が絡んだら、なんでもかんでも仕事をしないってことじゃないんですね」

「当たりめえだ。いくら俺が仕事不熱心でも、本物の町方同心だからな、やるときゃやるんだ」

惣三郎と善吉は道を歩き続け、赤坂新町五丁目までやってきた。なにしろ巨大な千代田城の東側から西側にまで行かなければならないから、縄張にたどりつくまでにだいぶときを取られるのである。

おしんという女が住む家というのは、すぐにわかった。

「ここかい」

腕組みをして、惣三郎は建物を見あげた。二階屋である。横に『しんの屋』と看板が掲げられている。

「商売をしているんですかね」

「そのまんまの名だが、小料理屋といった風情だな」

目の前に、くぐり戸のような小さな戸がついている。惣三郎はどんどんと、音も荒く叩いた。

「おい、いるか。町方が来てやったぞ」

「あいてますよ」

なかから疲れたような女の声がした。惣三郎は戸を横に滑らせた。力を入れずとも、するするとあいた。

おっ、と善吉がうしろで声をあげた。

「ここも然軒先生のところと一緒で、お客のことを考えていますね」

「まあ、そうだな。酔っ払っているとき、建て付けの悪い店なんか入りたくねえからな。蹴破りたくなる」

入ってすぐに、狭くて暗い土間があった。そこには一つ、長床几《ながしょうぎ》が置かれている。あとは一畳ほどの小上がりが二つと、四畳半の座敷が奥にあるだけだ。

酒臭さと魚の煮物と焼き物がまじったようなにおいが漂い、酔客が去ったあとの物憂げな雰囲気がそこかしこにわだかまっていた。かすかに味噌汁の香りがしているのは、客に供しているからか。

惣三郎はそのにおいだけを吸いこみたかった。味噌汁のにおいは、よくだしがきいているようで、香ばしさを感じさせる。空腹というわけではないが、椀に一杯くらい胃の腑にしみこませたくなる。

右手のこぢんまりとした厨房から、女が姿を見せた。腰につるした手ぬぐいで手をふいている。

「ここでは味噌汁はだしているのか」

そんな言葉が口をついて出た。

「えっ、ええ、だしていますけど」

面食らったような表情で女が目の前にやってきた。辞儀する。

「うちの亭主のことでわざわざお越しいただき、ありがとうございます」

「うむ、これも仕事のうちだからな」

惣三郎は目の前の女を見つめた。歳は三十に届いているかどうか。

若い頃は目鼻立ちがはっきりしており、さぞかし騒がれた美人だったのだろうと思わせる顔立ちをしているが、今は酒に疲れた色がくっきりとあらわれている。目尻や口元に濃いしわが刻まれていた。日焼けもしている。酒だけではない疲労の色が、あらわれてもいるようだ。

眉は剃っておらず、お歯黒もしていない。もっとも、武家はかたくなに守っているが、町人のほうは今は亭主がいても両方ともしていない女房が多くなっている。

「お味噌汁ですけど、昨日の残りならあります。お飲みになりますか」

「ああ、よいのか」

「ええ、かまいません。あたしが飲もうと思って、温め直していたんですけど、八丁堀の旦那に飲んでいただいたほうが、味噌汁も喜びましょう」

「こっちの中間の分もあるか」

「ええ、ちょうど二杯分です」

女が寂しげな笑みを見せる。

「夫婦そろって飲むお味噌汁がおいしいんで、朝はいつもこうして用意しているんですよ」

惣三郎は胸を衝かれた。うしろで善吉も同じようだ。

「確かめるのが遅くなったが、おめえ、おしんさんか」

「はい、さようです」

しんと申します、とあらためていって深々と頭を下げた。顔をあげると、そちらでお待ちください、と惣三郎たちに告げ、すぐに厨房に向かった。

味噌汁のにおいがひときわ濃く漂い、小上がりに座りこんだ惣三郎の鼻孔に入りこむ。

おしんが、二つの椀がのった盆を手にしてやってきた。どうぞ、といって小上がりの上に盆ごと置く。盆には二膳の箸がのせられていた。

すまねえ、といって惣三郎は椀を手に取った。湯気をまともに受けながら、椀をのぞきこむ。

具は豆腐とわかめだ。惣三郎は、やったという気分になった。この二つの組み合わせこそが、味噌汁では最高のものだと思っているからだ。

いただこう、と善吉にいってから惣三郎は箸を取り、味噌汁をすすった。

「うめえ」

たまらず声が出た。

「ほんと、いい味、してますねえ」

向かいに座る善吉も、ほれぼれと感嘆の声を発する。

「だしがいいいな。なにを使っているんだ」

惣三郎は、そばに立つおしんにたずねた。

「いろいろ使っています。鰹節《かつおぶし》に昆布、鯵節《あじぶし》、それに飛び魚のだしも」

「飛び魚のだしかい。どこかよそで使うって話はきいたことがあるが、江戸では初めてだなあ」

「ええ、飛び魚はあごといって九州でよく使います」

「おめえ、九州の出かい」

いいえ、とおしんがかぶりを振った。

「あたしのおとっつあんが、九州は博多の出なんです。それで、うちでは使うようになりました」

「この店は父親がはじめたのか」

「はい、さようです。卵焼きの行商でお金を貯めて、この地所を買い取りました。もう三十年以上も前の話です」

「しかし、建物はそんなに古くはねえな。建て替えたのか」

「ええ、二度、建て替えました。二度とも火事で」

「江戸は多いからな。火事に遭ってねえところを見つけるほうが苦労だ」

惣三郎と善吉はほぼ同時に味噌汁を飲み干した。ごちそうさんといって、椀を盆に戻した。

「お粗末さまでした」

おしんが盆を引き、厨房に持っていった。すぐさま取って返してきた。瞳に案ずるような光が浮いている。

「亭主のことだが、いついなくなった」

その光に応えて、惣三郎は即座にきいた。

「もう五日になります」

「名は良三とのことだが、ここで一緒に働いていたのか」

「いえ、ちがいます。亭主は小間物売りの行商です」

「では、ここから毎日、小間物の行商に出ていたのか」

さようにございます、とおしんがいった。

「五日前、行商に出て、それきりということか」

おしんが無言でうなずく。悲しみが新たになったような顔つきだ。

「五日前、なにかあったのか。五日より前でもいいんだが」

おしんが沈みこんだ表情で首をひねる。

「なにもなかったとしか、あたしには思えません」

そうかい、といって惣三郎は顎をなでさすった。直感にすぎないが、なんとなく夫婦としての絆の浅さを感じた。

「おめえ、良三とはいつ一緒になったんだ」

「つい三月前です」

「まだほやほやじゃねえか」

惣三郎はうなり声をあげた。善吉も目をみはっている。

歳はやはりどう見ても、三十近いだろう。大年増といってよい。

「男と一緒になったのは、初めてか」

「はい、こういう商売をしていたこともあったのか、遅くなってしまいました」

「良三とはどういうふうに知り合った」

「この店で知り合いました。三月ばかり前、ふらりとやってきて」

惣三郎は心中で顔をしかめた。

「知り合ってから一緒になるのに、ずいぶんと短《みじけ》えな」

おしんが声を落とした。

「あの、初めてやってきたその晩、あの人、二階に泊まっていったんです」

「それでわりない仲になったというわけか」

なるほどな、と惣三郎は思った。

「それで、どこか良三が行きそうな場所に心当たりはあるかい」

「心当たりは当たり尽くしました。それで、御番所に頼ろうと思ったんです」

「そうか、そうだよな。届けをだすまでのあいだ、探しまわっていたのか」

そういうことです、とおしんが深くうなずいた。

それならば、日焼けし、疲れの色が濃いのも当たり前だろう。

「良三というのは、どんな男なんだ」

おしんが恥ずかしげにうつむく。

「どうした」

「あの、とにかく女が好きなんです。あたしのところに来るまでも、いろいろな女に手をだしていたみたいです」

「じゃあ、もしかしたら、別の女のところに転がりこんでいるというのも考えられるじゃねえか」

「はい、実を申せば」

惣三郎は途端に興味が失せた。女好きの亭主の尻を追いかけるほど暇ではない。定廻りとしてすべきことはいくらでもある。

町をめぐるのだって、江戸の平安、町人たちの平和を守るためには大事な仕事だ。だからこそ、定廻り同心は土砂降りに見舞われようと吹雪《ふぶき》になろうと土埃が舞おうと、毎日、町廻りを欠かすことはないのである。

「あの、女好きの亭主では、捜していただけないのでしょうか」

思いがよほど顔に出たようで、おしんが心配そうにきいてくる。

「捜すさ。ただ、熱がちと冷めたのは事実だな」

惣三郎は正直にいった。

さようですか、とおしんが残念そうにうなだれる。

「そんなにがっかりせずともいい。俺はやるよ、それなりに」

このいい方じゃあ、ほとんど励ましにならねえかな。

惣三郎は善吉に命じて、矢立を取りださせた。懐から一枚の紙をつかみだす。

「おしんさん、これから良三の人相書を描く。亭主の顔の特徴を、できるだけ詳しく教えてくれ」

承知いたしました、とおしんが顎をこくりと振った。

惣三郎は輪郭や目や鼻、口、耳の形などをきいていった。

半刻後、五枚の紙を反故《ほご》にして、これならば、とおしんが深々とうなずくものがようやくできあがった。

「この人相書なら、よく似ているんだな」

惣三郎はおしんに見せつつ確かめた。

「はい、すばらしい出来だと思います」

おしんは納得の表情だ。

惣三郎は人相書をひらりと返し、自分でもじっくりと見た。

輪郭は玉子のように長く、そのなかに細い目がのっている。目尻が切れ上がり、そのため顔全体が引き締まり、気が強そうだが、同時に聡明な感じも与えている。鼻筋がすっと通り、口元が引き締まり、そのあたりはいかにも女にもてそうだ。

「優男《やさおとこ》だな」

もともと小間物屋にはこの手の男が多い。陰具なども売っており、男に飢えている女の相手をすることも少なくない。

良三がおしんと所帯を持ったのは、そういうちぎりがきっかけだったのかもしれない。あるいは、良三にとってはおしんは遊び相手にすぎず、飽きたらはなから逃げだす気でいたのかもしれない。

「これで歳はいくつだい」

「三十四です」

「若く見えるな」

「ええ、そうなんですよ。ちょっと見は二十代半ばにしか見えません」

幾分自慢げにおしんがいった。

その若さがこの女にとって仇《あだ》になったかもしれねえな。

惣三郎は思ったが、もちろん顔にも口にもださない。

「よし、これから捜しはじめる。今のところ、府内を騒がすような大きな事件は起きていねえから、町々の自身番にも触れをだすようにしよう」

よろしくお願いします、とおしんが腰を折った。

「うむ。じゃあ、これでな。良三が見つかったら、必ずつなぎを入れるからな」

よろしくお願いします、とまたおしんがいった。

惣三郎は善吉をうながして、しんの屋を出た。出しなに、うめえ味噌汁だったぜ、というのは忘れない。

「はい、お味噌汁でよかったら、是非またおいでください。今度は自慢のおむすびをつけさせていただきますから」

「そうかい、そいつは楽しみだ」

惣三郎と善吉は光の下に足を踏みだした。

「ふえー、暑いですねえ」

善吉が迷惑そうに空を見あげる。

「なかは涼しかったですねえ」

「ああ、居心地がよかったな。あのおしんという女の人柄かもしれねえ。いい人柄のもとにはいい神さまが宿るらしいからな、そういうところはいい風が通るようになって、居心地がよくなるもんさ」

「はあ、そういうものですかね」

「おめえだって、なじみの飲み屋の一軒くれえ、あるだろう。酒も肴《さかな》もたいしてうまくもねえのに、雰囲気がいいからなんとなく行っちまうってところがねえか」

「ああ、ありますねえ」

善吉がぽんと手のひらを拳で打つ。

「なんとなく足が向いちまう店が、一軒、ありますよ。確かに、あの店の夫婦は人がよくて、集まる常連もいい人ばかりなんですよねえ。そのために店内は実にいい雰囲気なんですよねえ。あれはいい神さまがいらっしゃるからなんですね」

そういうこった、と惣三郎はうなずいた。

「目抜き通りの最高の場所で酒も肴もうまくて、開店当初はみんな行くけれど、二度目からはなんとなく足が向かなくて閑古鳥《かんこどり》が鳴きはじめ、結局は店を閉じちまう店っていうのもあるだろう」

「ありますねえ。あれは値が高いからじゃないんですね」

「値が高《たけ》えってことも理由としてはあるんだろうが、俺はいい神さまが宿ってねえからだと思う。値が高くとも、はやっている店はいくらでもある。そういう店にはいい神さまがいらっしゃるのさ」

なるほどねえ、と善吉が大きく相づちを打った。

「いい神さまにいらしてもらうのには、どうすればいいんですかい」

たやすいことよ、と惣三郎はいった。

「毎日、善行を積めばいいんだ。一日一日を無駄にせずにいいことばかりしていれば、まちがいなくいい神さまはいらしてくれる」

「人が見ていないところでも悪さをしちゃならないんですね」

「そうだ。神さまは必ず見ていらっしゃるからな」

「その点、旦那はあまりいい神さまがいらしてくれそうにないですねえ」

「まあ、そうかもしれねえな。俺は阿漕《あこぎ》なことばかりしているからな」

「背中についているのは、疫病神《やくびょうがみ》じゃないんですかい」

「おめえのことか」

「あっしは疫病神なんかじゃありませんよ」

惣三郎は首をまわし、若い中間をしげしげと見た。

「確かにおめえは風貌からして、疫病神というより貧乏神だな」

「ひどいですよ、旦那」

善吉が泣きそうな面でいう。

「最初にいってきたのはおめえのほうだろうが。泣くんじゃねえ」

「あっしはなにもいってませんよ」

「背中に疫病神がついてる、っていったじゃねえか。おめえがそのあと続けようとした言葉を当てて見せようか」

「わかるんですかい」

わかるさ、と惣三郎はさらっといった。

「おめえは、どうして旦那に疫病神がついてるかといえば、旦那が厄年だからですっていうつもりだっただろう」

善吉が目を丸くし、ぴょんと跳びはねそうになった。

「旦那、どうしてわかるんですかい」

「おめえのいうことなんざ、丸わかりなんだよ。お見通しってやつだ」

「旦那はすごいですねえ。疫病神を背負っているようにはとても見えませんよ」

「背負ってねえよ。それに善吉、何度もいうが、俺は厄年じゃねえ。まだ三十五だ」

「えっ、そうだったんですかい。それは初耳ですねえ」

「おめえ、人の話をきいてねえのか。何度もいうが、といったばかりじゃねえか」

「ああ、さいでしたね。旦那は三十五なんですね。それなのに、どうしてあっしは四十二だと思いこんでしまったんですかね」

「おめえが阿呆《あほう》だからだろう」

「ああ、わかりました。旦那の顔がどう見ても、三十五には見えないからですよ。なんといっても、四十二くらいにしか見えないですからねえ」

惣三郎は善吉をねめつけた。

「てめえ、ぶっ殺すぞ」

惣三郎の剣幕に、善吉が首を縮める。

「すみません」

「いいか、俺のことを四十二と二度といったら、てめえの口に拳を突っこんで、胃の腑をぐちゃぐちゃにしてから、尻の穴に押しだしてやる。わかったか」

「へい、わかりやした」

善吉が元気よく答える。

惣三郎は力が抜けた。

「まったくこいつは、本当にわかってやがるのか。……どうせまた同じことをいうに、決まってるぜ」

善吉が不思議そうに見る。

「旦那、なに、ぶつぶついっているんですかい。人間、独り言をいうようになったらおしまいですよ」

惣三郎は拳を振るった。ごかちん、とまたも妙な音がした。まるで金槌《かなづち》でわれ鍋《なべ》の底を叩いたような音だ。

惣三郎は、頭を抱えてしゃがみこんだ善吉にいった。

「おめえの頭のなかは、いってえどうなっているんだ」

「そいつはあっしも知りたいですよ」

涙目で善吉がこちらを見あげる。

「まったく、おめえ、妙なものでも食ったんじゃねえのか」

「妙なものを食べて、それであんな音が出たっていうんなら、そのほうがありがたいですよ」

あー痛え、といいながら善吉がゆっくりと立ちあがる。

惣三郎はそんな善吉に視線を当てつつ、一瞬、考えた。

「なるほど、音の原因がわかるからだな」

「ええ、さいです。妙なものが原因であんな音が出るのなら、その妙なものを食べなければいいってことになりますから」

「それでどうなんだ。おめえ、妙なものを腹に入れたのか」

さあ、といって善吉が首をひねる。

「あっしは入れていないと思うんですよ。ここ最近は非番も旦那とすごしましたから、食べたものも一緒ですから」

そうだよなあ、と惣三郎はいった。

「食い物であんな音が頭から出るはずがねえな。だとすると、やっぱり頭のなかが腐ってきたんじゃねえか」

「えっ、頭が腐るなんてこと、あるんですかね」

「おめえの場合、もともと腐ってやがるからなあ。それ以上、腐りようがねえ気がするがなあ」

惣三郎は善吉をまっすぐ見た。

「とにかく一度、医者に診てもらったほうがいいぞ」

いやです、と善吉が拒絶する。

「あっしはお医者は嫌いなんですよ。行きたくありません」

「幼子みてえなこと、いうんじゃねえ。もし悪い病だったらどうすんだ」

「頭の病を治せるお医者なんかいないでしょう。そのときは覚悟を決めます」

惣三郎はあきれて首を振った。

「だいたいそういうやつに限って、いざってときに、助けてくれえ、死にたくないってさんざん叫ぶんだよ。往生際が悪いったら、ありゃしねえ」

「あっしはそんなこと、ありません。潔く死んでゆきます」

「せいぜいがんばれや」

惣三郎は再び早足で歩きだした。

「旦那、これからどうするんですかい」

「町廻りだ。さっき描いたばかりのこの人相書を、各町の自身番に見せてまわんなきゃいけねえ」

「良三っていう亭主、見つかりますかね」

「むずかしいだろうな」

惣三郎は最初に目についた自身番に入ろうとした。

河上の旦那、と背後から鋭く呼びとめられた。振り向くと、今朝、町奉行所の大門のところで会ったばかりの伝ノ助が息も荒く路上に立っていた。

「どうした、なにかあったのか」

「ええ、ありました」

伝ノ助がぜいぜいと息を吐く。

「大丈夫か」

「はい、へっちゃらです」

伝ノ助が深く息をつく。それでだいぶ呼吸は落ち着いたものになった。さすがにこういう使いは慣れたものだ。

「どうした、なにがあった」

惣三郎はあらためてたずねた。

伝ノ助がごくりと唾をのむ。

「人死にです」


伝ノ助の案内で急行した。伝ノ助は使いでさまざまな道を走りまわっているだけに、惣三郎の知らないような裏道まで知っていた。こんなところにこんな道があるのか、と町廻りを長くやっている惣三郎が驚く道がまだまだあるのだった。

江戸は広い。惣三郎は伝ノ助のうしろにつきつつ、そんなことを思った。

「こちらです」

伝ノ助が立ちどまったのは、一軒の町屋の前だった。生垣がぐるりをめぐり、格子戸が設けられている。かなり大きな家であるのは、外目でも知れた。

格子戸の前には自身番から人が出ており、関係ない者はなかに入れなくなっていた。近くにはなにがあったのかと、鵜《う》の目鷹の目の野次馬たちが大勢集まり、押し合いへし合いしていた。

惣三郎と善吉は、すぐさまなかに足を踏み入れた。ここでお役ご免の伝ノ助は町奉行所に戻っていった。

家も広いが、つくりも相当しっかりしていた。柱と梁が太く、黒光りしている。天井板にも金がかけられ、建具もかなりこっているのが一目でわかった。部屋数も優に六、七はありそうだ。裕福な者の家であるのはまちがいない。

ここまで来る途中、伝ノ助の説明では、死んだのは、珠左衛門《たまざえもん》という年寄りとのことだ。歳は六十八歳。以前、油問屋のあるじだった男で、せがれに店を譲った今は隠居の身だった。

珠左衛門が死んだのは自宅ではなく友垣の家だった。

友垣は完一郎《かんいちろう》という男で、こちらも元は醬油問屋の大店のあるじだった男である。やはり隠居の身で、死んだ珠左衛門とは碁敵《ごがたき》だった。

惣三郎は濡縁のそばの広縁に横たわっている死骸をしゃがみこんで見た。

苦しげだ。血を吐いている。

検死医師の紹徳《しょうとく》がすでに来ており、死因は病などでなく、毒によるものです、とはっきりと告げた。

「毒ですって」

紹徳が、この薬ですよ、と紙袋を手渡してきた。惣三郎は袋に真剣な目を落とした。

「功鳴丸《こうめいがん》ですか」

高名な薬である。精力を高めるのに効果があることで知られ、愛用している者は、江戸に相当多いはずだ。しかし、これまでこれで命を失った者はきいたことがない。

「偽薬ですよ」

紹徳があっさりと断定した。

「こちらの完一郎さんという人と碁をしながら、飲んだようです。そして、すぐさま苦しみだして血を吐き、亡くなってしまったようです」

第三章

一

お美代が不意に手をあげた。

手習がはじまって、まだほんの四半刻もたっていないときだ。

「どうした、お美代」

重兵衛は問うた。お美代の天神机の上には、『農業往来』が置かれている。手習がはじまってからこれまで、ずっともじもじしていたのはわかっていた。吉五郎や進吉と目配せをかわしていた。

「なにかききたいことがあるのか」

重兵衛は吉五郎や進吉にもちらりと視線を流して、お美代にたずねた。

「うん、あるの」

　重兵衛は黙って待った。

「女の人のことよ」

　決意したようにお美代が口をひらいた。吉五郎と進吉がごくりと音をさせて唾をのむ。

　五十人近くいる手習子のほとんどが重兵衛に注目していた。

「えっ、なんのことだ」

　重兵衛は瞠目《どうもく》した。

「昨日の身重の人」

「ああ、お阿佐さんのことか」

「へえ、身重の女の人、お阿佐さんというんだ」

　お美代が思わせぶりにいった。

「なんだ、お美代。お阿佐さんのことをききたいのか」

「ええ、そうよ」

　鼻をつんと突きだす。

「おなかの子は、お師匠さんの子なの」

　一瞬、びっくりしたが、もちろん冗談できいているのだろうと思って、重兵衛は苦笑した。

「そんなことがあるわけがない」

「でも、もう噂になってるよ」

これは吉五郎がいった。

「噂って、俺の子だってことが、かい」

「うん、そうだよ」

「そのようなことはあり得ぬ」

「身重っておなかに子がいて、文字通り体が重たいっていう意味でしょ。お師匠さん、その重たい女の人をおんぶして品川まで行ったんでしょ。そんなことができるのは、おなかの子が自分の子だからこそだって、もっぱらの評判だよ」

「重ねていうが、おなかの子は俺の子ではない。俺は、困っている人を見すごせず品川までおぶっていったんだ」

重兵衛はどういうことがあったか、話してきかせた。

「それだけなの」

きいてきたのは進吉だ。

「うむ、それだけだ」

「本当にお師匠さんがはらませたわけじゃないんだね」

「ああ、当然だ」

「でも、まだちょっと納得がいかないんだけど」

再びお美代が口をひらいた。

「お師匠さん、本当に親切な心だけで、品川までおぶっていけるものなの」

「いけるさ」

重兵衛はにこっとして答えた。お美代が少しまぶしげな顔になる。

「以前、俺も諏訪からこの近くまで来て倒れていたところを、宗太夫さんに助けられた。宗太夫さんは見知らぬ俺を看病してくれ、本復させてくれた」

重兵衛は一つ間を置いた。

「こういう人の情け、人と人とのつながり、助け合いなどが濃密であることこそが、江戸を江戸たらしめているものだと、俺は思っている」

「それをきいて、安心したわ」

お美代がようやくほっとした顔を見せる。胸をなでおろしたというのが、ぴったりくる表情だ。

重兵衛も安堵した。おそのに会う必要があるかどうか、考えてみた。

会っておいたほうがよいだろう。おそのは自分のことを信用しているとはいえ、やはり気にかかっているはずだ。

「あの、お美代、俺から一つきいてよいか」

重兵衛は申し出た。

「えっ、なーに」

「お美代はあの、知っているのか」

「えっ、なにを」

「お美代だけじゃないんだが」

「お師匠さん、はっきりいって」

すまぬ、と重兵衛は軽く頭を下げた。

「ききたいのは、どうすれば赤子ができるかということだ」

お美代がぽかんとした。他の子たちも、えっという顔をしている。

「知っているわ」

お美代がいい放った。

「そんなのは、この歳になれば、耳に入ってくることよ。お師匠さんだって、話をしていてわかっていたでしょう」

「ああ、お美代のいう通りなんだが」

重兵衛は口ごもった。

「そうか、やっぱり知っているのか。俺がお美代の歳の頃は、まったく知らなかったのでな。やはり江戸の子供はちがうということかな」

そういうことじゃないよ、と吉五郎がいった。

「お師匠さんも知っているだろうけど、百姓ってあけっ広げすぎるんだよ。その手の話はうちのおとっつあん、おっかさんも夕餉のときもよく出てくるし、お隣同士でもそんな話をしているし。それにさ――」

吉五郎がわずかにいいにくそうに言葉をとめた。

「よく畑のなかで、抱き合って腰を振っているのを見るしね」

いわれてみればそうだ。女の悲鳴のような声がして驚いてそちらに顔を向けると、夫婦が作物の陰でいたしていることが、しばしばである。

諏訪で主家に奉公していたとき、なにかの地誌を読んでいて、南国土佐の百姓がよく野良でそういうことをしているという記述があり、心の底からびっくりしたものだが、まさかこの江戸で目の当たりにすることになるとは思っていなかった。

ああいう光景を目にする機会が多くあれば、赤子がなにをどうすればできるかなど、疑問でもなんでもないのだろう。夕餉のあとさっさと寝てしまう百姓衆は、家のなかでも繁く励んでいるとの話もきく。

　重兵衛は手習に戻ろうとした。だが、まだお美代や吉五郎たちが目配せをかわしているのを知った。

「どうした」

　重兵衛は声をかけた。

「ききたいことがほかにあるのか」

　それがあるんだよ、と吉五郎がいった。

「お師匠さん、もう一つ噂がめぐっているんだ」

「どんな噂だい」

　なんとなくいやな予感を胸に宿しつつ重兵衛はたずねた。

「それも俺に関することだな」

　そうだよ、と吉五郎がいった。

「しかも、あまりいいことじゃないんだ」

　むしろ、こちらのほうが一番にききたかったことではないのか、と重兵衛は吉五郎の口調から感じた。

どんな言葉が吉五郎の口から飛びだしてくるのか、重兵衛は少しどきどきした。

「あの、いいにくいんだけどさ」

「あんた、もう、さっさとはっきりいいなさいよ。お師匠さんだって、そんなにうじうじされたら、いらいらするでしょ」

お美代がまっすぐ見つめてきた。

「おそのちゃんをここで手込めにしようとして、逃げだされたらしいってのも噂になっているの」

「なんだと」

これには、さすがに重兵衛の腰が縁なし畳から浮いた。

「それは、おゆのさんの若い頃の話だ」

「おゆのさんて、ああ、あのお年寄りね」

お美代は像を脳裏で結んだようだ。

重兵衛は、おゆのとどんな会話をかわしたか、語った。

「そう。でもお師匠さん、泣きながらここから走り出ていったおそのちゃんを何人も見てるわよ」

重兵衛は鬢をかいた。

「どういうことがあったか、一から説明しよう」

重兵衛は、おとといの晩、作之助という友垣と一緒に吉原に行ったことをまず告げた。

「おとといの晩ていったら、おそのちゃんのところに挨拶に行った次の日じゃないの」

進吉が驚きの声をあげる。

「そうだ。その日、作之助に吉原に連れていってくれと頼まれた。俺は断れず、一緒に行った。だが、それだけだ。俺はなにもせずに帰ってきた」

「ほんとになにもしなかったの」

これまで黙っていた松之介が確かめるようにいった。

「ああ、作之助が見世に入っていったのを見届けて、まっすぐ帰ってきた。戻ってきたのはもう九つに近かった」

「でも、それがどうしておそのちゃんが泣いて逃げだすこととつながるの」

吉五郎が不思議そうにいう。

「あんた、本当に馬鹿ね」

お美代が吉五郎を情けなさそうに見、首を振り振りいった。

「挨拶に行った翌日の晩に、お師匠さんが吉原に行ったことをおそのちゃんがここで知ったからに決まってるでしょ」

お美代が重兵衛を見あげてきた。

「ねえ、そういうことでしょ」

その通りだ、と重兵衛はうなずいた。

「しかし、そのことはおそのちゃんを家に訪ねて、しっかと説明した。おそのちゃんはわかってくれた」

「よかったわね」

「うん。だから、俺はおそのちゃんを手込めにしようとなどしておらぬ」

わかっていたわ、そうよね、お師匠さんはそんな人じゃないもの、と手習子が口々にいった。

手習が終わったあと、重兵衛はまたおそのの家に足を運んだ。途中、村人たちが奇異なものでも見るような視線を、遠慮なく浴びせてきた。いちいち、これこれこういうわけだといえないのが少しつらかった。

いつもよりおそのの家が遠く感じた。

おそのは家にいた。いつもの濡縁に二人して座りこんだ。

おそのは、手習が終わった頃だから、これから重兵衛のところに行こうとしていたという。

「おそのちゃんは、噂を知らないのかい」

おそのがつぶらな瞳を向けてきた。

「重兵衛さんがはらませたという女の人のことですか」

「ああ、それもある」

おそのがにこりとした。

「もう一つは私を手込めにしようとしたという噂ですね。でもそれがちがうのは、私が一番よく知っています」

重兵衛も頬をゆるませた。

「はらませたという女の人の説明をさせてもらう」

「はい。でも、私は重兵衛さんがはらませたという噂など、信じていません。だからこそ、これから重兵衛さんのところに行こうとしていたのです」

「かたじけない」

重兵衛は、昨日なにがあったかを詳細に語ってきかせた。

「ああ、人助けだったのですね。重兵衛さんらしい」

おそのは手を叩いて喜んでくれた。

「でも、身重の身でご両親のところに通われるなど、そのお阿佐さんという人はよくできた方ですね」

「だからこそ、柳河屋という大きな旅籠で女将がつとまるのだろう」

「柳河屋さんというのですか」

「知っているのかい」

おそのが小首をかしげ、考えこむ。

「いえ、小耳にはさんだような気がするだけです」

俺と同じだな、と重兵衛は思った。どこできいたのだろう。

一つだけ、おそのにいっておかなければならないことを思いだした。最初からしっかりといっておけば、あとで下手な誤解を受けることはあるまい。

「お阿佐さんから頼み事をされた」

重兵衛は、横にそっと尻をのせているおそのにいった。

なんでしょう、という顔をおそのが向けてきた。

「その柳河屋では、たくさんの女の人が働いている。その女の人たちにも子供が大勢いてな、その手習をしてほしいとお阿佐さんから頼まれたんだ」

「大勢の女の人というのは、女中さんのことですか」

「いや、おそらくそれだけではあるまい。飯盛女と呼ばれる人たちの子もいる。平旅籠ではないとのことだから」

「さようですか。品川は名にし負う歓楽の町ですし、それも仕方ないでしょうね」

それで、とおそのが先をうながす。

「前に頼んでいた人が病に倒れてしまい、その人がまた元気に出てくるまでお願いできないかというんだ。もちろん俺の暇な時間でいいとのことだ」

「暇な時間というと、手習が終わったあととかお休みの日ですね。毎日、行かれることになるのですか」

「毎日はさすがに無理だろうな」

「お受けになったのですか」

「うん。お阿佐さんがあまりに熱心で、断れなかった」

おそのが微笑する。

「重兵衛さんのお人柄を見抜かれたんでしょうね。この人なら子供を安心してまかせられるということで。お阿佐さんから、お代のことはいわれたのですか」

「それがけっこうな額をいわれた。こちらがびっくりするくらいだ。そんなにいらぬ、といった。向こうも遠くから来ていただくのですから、これくらいと申したが、あの額はいくらなんでももらいすぎだ」

「あの、きいてもよろしいですか。いくらだったのですか」

「驚くぞ。一日二分だ」

「ええっ」

「すごいだろう。なにしろ二日行けば一両だからな」

「柳河屋さんは、儲かっているのですね」

「うん。俺もそう思った。女たちを犠牲にして、というのはさすがにいいすぎだろうが、俺のなかで複雑だったのは事実だから、安くしてもらったというのもある。俺などに大金をくれるより、女の人たちにできるだけ戻してほしいと思ったゆえ」

そうだったのですか、といっておそのがほほえんだ。

「それで、一日二朱ということで折り合いがつき、それで決まった」

「二朱というのもすごいですね」

「まあ、そうだな。八日行けば、一両になるゆえな」

「でも、品川に通うのですから、往復の手間などを考えたとき、そのくらいいただいておいたほうがいい気がします。お金はやはり邪魔になりませんし」

そうだな、と重兵衛は同意してみせた。

「それで、毎日でないとするとどういうふうになったのですか」

おそのがさらにきいてきた。

「うん、お阿佐さんと話し合った末、二日にいっぺんということになった」

「けっこうたいへんそうですね。やはり手習所がお休みの日も、行かれるのですか」

「いや、休みは取ったほうが手習にめりはりも出るだろうからということで、ちゃんと休むことにした」

「柳河屋さんでの手習は、いつからですか」

「今日からだ」

「では、これから行かれるのですか」

そうだ、と重兵衛はいった。

「手習がはじまるのは、夕方の七つ半からだから」


これで一安心だ。

なにが起ころうと、おそのが誤解することはもうないだろう。

安堵を胸にしまいこんで、いったん重兵衛は白金堂に戻った。

それから身支度をととのえ、外に出た。風呂敷包みを手にしている。『農業往来』などの書物と筆が数本、入っている。墨や硯《すずり》、紙、手習子たちの手習本などは柳河屋で用意するとのことだ。

品川には七つすぎに着いた。海に沿った宿場だけに、潮の香りが実に濃い。ここで一生すごしたら、干物のように塩味《しおみ》のきいた体になるのではあるまいか。

それにしても、相変わらず大勢の旅人でにぎわっている。街道は人の波ができ、ごった返していた。

旅籠が百四軒あり、飯盛女は三千人を超すという。それを目当てに、江戸の男たちは押し寄せてくるのだ。

柳河屋は飯盛女のいない平旅籠ではなく、飯盛女を置く女郎宿である。そのことを重兵衛はお阿佐に事前にきかされている。

七つ半から、宿の裏手に建てられた一軒の家で、予定通り手習ははじまった。家はまだ新しく、教場もしっかりとあった。きけば、お阿佐が旅籠の子供のために手習所として建てたのだそうだ。

最初はお阿佐が女の子を中心に手習を教えるつもりでいたらしいのだが、女将の仕事を抱えながら、というのはさすがに無理であるのがわかり、品川宿で手習ができる人を頼んだのだそうだ。

いまその人は肺の病に倒れ、療養中とのことである。

建物は海の近くにあった。潮の香りが体をきれいにしてくれるようだ。積まれた石垣を打つ波の音が心地よい。

これなら手習子たちも手習に集中できるだろう。音がまったくないより、なにか少しでもあったほうが、集中できるのではないか。重兵衛はこれまでの経験から、なんとなくそう思っている。

この建物に入って重兵衛が面食らったのは、女中や飯盛女の子供だけという話だったのにもかかわらず、近所の子供らしいのも混ざっているし、さらに大人までいたことだ。今日が仕事休みの女中や近所の大人も、重兵衛の人柄をお阿佐からきかされたらしく、小さな天神机の前にちょこんと座りこみ、目を輝かせていた。

大人相手にするのは初めてのことで、重兵衛はどうすればよいかを考えた。だが、今まで通りにふつうにやるしかあるまいとの結論に達した。

大人がいるからといって教え方を変えたところで、いいことがあるはずがなかった。ふだん通りにやるのが一番である。

大人を含めて手習子は全部で三十を超えている。大人はそのうち五人だ。

事情をきいてみると、幼い頃、家が貧しかったとか、体が弱くて外になかなか出られなかったとか、学問自体が嫌いで行く気にならなかったとか、そういうさまざまな理由があって手習所に通えなかったために、一から学問をしてみたいという望みが五人にはあるという。

教場の形もちがい、白金堂のように天神机が男女別になっておらず、しかも大人がまじっているために、最初は勝手がちがい、重兵衛は戸惑った。

だが、ほんの四半刻もかからずに調子を取り戻した。そのあとは夢中に教え続けた。いたずらをする子はおろか、私語をかわす者もおらず、いずれもまじめに手習を受けている者ばかりだった。

その熱心さに重兵衛は心を打たれた。それほど感じのよい手習だった。

手習は一刻のあいだ、と重兵衛はお阿佐と約束をかわしていた。その時間はあっという間にすぎた。

重兵衛自身、もっとやっていたいという思いにとらわれたほどだ。手習子たちも物足りなさを覚えたのか、もっと教わりたいという者ばかりだった。

これだけの熱意がうちの子たちにもあったらすばらしいだろうな、と重兵衛自身、思ったくらいである。

もっとも、もっと熱心にやるよう重兵衛に強要するつもりなど微塵もない。子供は自由気ままに振る舞うところが自然だし、学問はやはりやる気が大事だ。

家塾で学びはじめた頃、重兵衛がほんの少し教えただけできっかけをつかみ、塾頭となり、今は長善館の教授も夢では決してなくなっている作之助の例もある。作之助は習いはじめの頃は、本当に学問などまったくできなかった。

あの男の場合は奇跡の類かもしれないが、ほかの者の身にまったく起きぬことではあるまい。

手習が終わったあと、大人を含めた手習子たちが口々に感謝の言葉をいってくれた。とてもよかった、初めて手習のおもしろさを知った、また来てくれるね。

それをきいて、重兵衛の胸はさらに熱くなった。思い切ってやってよかった、と心の底から思った。

柳河屋に戻り、重兵衛は夕餉を馳走になった。その席には忙しい合間を縫って、お阿佐も姿を見せた。

「お酒は」

お阿佐に勧められたが、重兵衛は即座に断った。

「いえ、手前はほとんど飲めませんから。それに、飲んでしまうと、帰りがきつくなります」

「でしたら、お泊まりになればいいのに」

色っぽさを感じさせる声でいった。重兵衛はかぶりを振った。

「いえ、そういうわけにはいきません。明日も白金村で手習がありますから、それに遅れたくないので。万が一遅れたら、手習子たちに申しわけが立ちません」

「それでしたら、無理強いはいたしません。失礼いたしました」

お阿佐が頭を下げる。

柳河屋のなかは飯盛女を置いている宿らしく、弦歌さんざめいている。三味線の音色が特によく耳に届く。女の嬌声や男の笑い声がそこかしこから降るようにきこえてくる。誰もが遠慮のない声をだしている。心の底から今を楽しもうとしていた。

「うるさいですか」

案じ顔でお阿佐がたずねてきた。

「いえ、そのようなことはありません。手前は滅多にこのようなところに来ることはありませんが、どなたも実に愉快そうで、うらやましいくらいです」

「そうですね。ここに来たときくらい、この世の憂さを忘れてほしい。私はそれだけを願っています」

「それはいいですね。この世を生きていると、人同士の関係、仕事のこと、病、恋、夫婦のことなど、実にさまざまなことがありますからね。それをほんのいっときでも忘れられれば、明日を生きる力がわいてくるというものでしょう」

重兵衛は香り豊かな茶を飲み干し、膳にそっと置いた。

「ではこれで、手前は失礼いたします」

お阿佐に頭を下げる。

「これを」

お阿佐が紙包みを差しだしてきた。

「二朱ですね」

重兵衛は念を押した。お阿佐が口に手を当て、笑う。

「二分も入れていません。約束通りの額ですから、ご安心ください」

「承知しました。では、ありがたく」

重兵衛は面前に掲げるようにしてから、着物の袂《たもと》にしまい入れた。

重兵衛はすっくと立ちあがった。いちはやくお阿佐が腰高障子をひらく。どうぞ、と手で示す。

「かたじけない」

重兵衛は廊下に出た。出入口に向かう。土間におりようとしたとき、酔っ払った一人の男が目の前に来た。ふらついており、土間に落ちそうになった。

「危ない」

重兵衛はすぐさま手を伸ばし、男の体を抱きとめた。

「おっ」

男が酔眼を細める。

「いい男だな。だが、俺は陰間《かげま》には用がねえんだ」

男がふらふらと歩いてゆく。

「陰間か。まいったな」

重兵衛は苦笑した。

「今の人は依三《いぞう》さんといって、ここしばらく居続けている人です」

お阿佐が少し顔をしかめる。

「重兵衛さんのことを陰間とまちがえるなんて、ちょっと許せませんね。追いだしてやろうかしら」

もっとも、目は笑っている。このあたりの余裕のあらわれがいかにも大旅籠の女将という感じがする。

「しかし、依三さん、目鼻立ちのととのったなかなかいい男ですね。女の人に騒がれそうだ」

「重兵衛さんも負けていませんよ」

「いや、手前はいけません」

「そんなことありませんよ。重兵衛さん、私、ずっときこうと思ってなかなかきけなかったんですけど、ご新造はいらっしゃるんですか」

「いえ、いません。でも――」

そのとき、いーさん、という声とともに飯盛女が一人あらわれた。着物が乱れ、胸元があらわになりかけている。脛《すね》だけでなく、太ももまで見えそうになっていた。酒と脂粉のにおいがごっちゃになり、重兵衛はむせ返りそうになった。

「いーさん、まったく勝手に部屋を出ちゃ、駄目っていっているでしょう」

その飯盛女がいきなり抱きついてきた。重兵衛はびっくりした。

「ねえ、迷子になったらどうするの。この旅籠は広いんだからね。いーさん、迷子になったら、愛《いと》しいあたしのもとに、帰ってこられなくなるわよ」

重兵衛はじたばたした。女は意外に力が強く、引きはがせない。無理をすればできないことはないが、そこまでやるのも大人げない。下手をすれば、怪我を負わせてしまうかもしれない。

「おいとちゃん」

お阿佐が呼びかけた。

「こちらのお方は依三さんではないわ」

えっ、と声を漏らし、おいとという飯盛女がお阿佐の顔をまじまじと見つめた。

「あっ、女将さん」

「女将さんじゃないわ。早く離れなさい」

おいとは四肢を絡ませたまま、重兵衛の顔をのぞきこんできた。

「あら、ほんと、いーさんじゃないわ。ごめんなさい」

それでも、おいとは重兵衛から離れようとしない。

「早く離れなさい」

お阿佐が重ねていった。

「はーい」

おいとから解き放たれて、自由になった重兵衛はさすがにほっとした。脂粉のにおいに息が詰まりそうだった。

不意に横合いから視線を感じた。ろうそくに明るく照らされた土間に三人の若者がいる。

そのうちの一人と目が合った。

「あっ」

たまらず声が出ていた。

「重兵衛さん」

向こうもため息のような声を発していた。

そこにいる三人組は重兵衛と顔見知りである。白金村の若者だった。


まいったな。

寝床に体を横たえて、重兵衛は思った。

まさかあんなことになろうとは。

あの三人は誤解しただろう。重兵衛はすぐさま説明しようとしたが、三人は番頭らしい男に案内され、階段をのぼって二階のほうへと消えてしまった。

追いかけてでも説明するべきだったかもしれない。

だが、あの場で三人が目にした場面がどういう状況だったのか、重兵衛が必死にいい募ったところで、いいわけとしか思わないのではないか。

もし自分が逆の立場だったら、いいわけにしか取らないだろう。

明日にでも、村中に重兵衛が女郎宿に通っているという噂がめぐるにちがいない。その前におそのに会い、説明をしておくべきだろうか。

そうしたほうがいいだろう。

だが、ここ最近の自分は、説明ばかりに追われている。以前の自分ではない。諏訪で暮らしたり、江戸へ参勤交代で出てきたりした主家の奉公時代は、女絡みでこんなに噂になることは一度たりともなかった。

それがどうしてこんなふうになってしまったのか。

厄年なのか。考えてみれば、自分は二十五だ。厄年でまちがいない。

お祓《はら》いをしてもらうべきか。

明日にでも、さっそく近くの神社に行くことにしよう。白金神社がいいだろうか。


朝早く起きて、重兵衛はおそのの家に向かった。

この刻限ならば、噂がめぐる前にどんなことがあったか、おそのに告げることができるだろう。噂をきく前にいうことができるなら、傷は浅いのではないか。

夜が明けて間もない頃に訪ねてきた重兵衛を見て、おそのはさすがに驚きを隠せずにいた。父親の田左衛門も目をみはってびっくりしている。

「なにかあったのですか」

おそのが濡縁に立ち、たずねてきた。すでに身なりは、どこにでも出かけられるようなしっかりしたものである。田左衛門が寄り添っている。

昨日、どういうことが起きたか、重兵衛はおそのと田左衛門に説明した。

「そのようなことがございましたか」

田左衛門が笑い飛ばす。

「そのようなこと、気になさいますな。重兵衛さんがそのようなお方ではないことは、手前はよーくわかっております」

田左衛門にそういわれたことは素直にうれしかったが、問題はおそのである。重兵衛は視線を当てた。

「大丈夫です」

おそのがにっこりと笑う。

「昨日も申しましたけど、私はどんなことがあっても、重兵衛さんを信じておりますから。その思いは決して揺らぐことはありません」

堂々という娘を、どこか頼もしそうに田左衛門が見つめている。

その言葉を耳にして、重兵衛はほっと安堵の息をついた。

案の定というべきか、手習がはじまったとき、手習子たちがこんな噂を耳にしたといってきた。

品川の柳河屋という旅籠の女将はお阿佐といって身重だが、実は重兵衛の子を宿しているわけではない。女将とはただの顔なじみにすぎず、その縁で重兵衛は柳河屋を知った。この旅籠は飯盛女を置いている女郎宿で、重兵衛はなじみのおいとという女に会うために、せっせと通っているというものだ。

重兵衛は一笑に付した。昨晩、どんなことがあったのか、興味津々の目をしている手習子たちに語ってきかせた。

「本当に抱きつかれただけなの」

吉五郎が疑い深げにきく。

「ああ、人まちがいというのも、嘘ではないぞ」

「お師匠さん、なんか余裕ね」

お美代が首をひねる。

「もう手を打ったんじゃないの」

「さすがにお美代だ。鋭いな」

「じゃあ、もうおそのちゃんに会ったのね」

うん、と重兵衛はうなずいた。

「手際がいいわ。さすがにお師匠さんね」

お美代にほめられ、重兵衛は気分がよかった。早朝、おそのに会っておいて本当によかった。

午前、午後ともに手習は無事に終わった。満足の思いとともに重兵衛は自室に引きあげた。

書見をした。文机の上にひらいたのは、『中庸』である。

前回、読んだときより、なにが書かれているか、ずっと理解が進んだ。やはりなにごとも、心の持ちようでまったくちがう。

それはきっと剣も同じだろう。重兵衛は、久しぶりに木刀を振ってみようという気になった。重兵衛は濡縁から、木々が茂る庭におりた。裸足《はだし》である。

見あげると、細切れの太陽が西の空に浮いているのが眺められた。涼しい風が吹き渡りはじめている。外に出たほうが、やはり大気の動きがあって、すごしやすい。

重兵衛に気づいた蚊が寄ってきた。おびただしい数だ。

重兵衛は濡縁に出した火鉢の上におがくずを大量に置き、火をつけた。ぽっと小さく炎がともり、やがてもうもうと煙が出てきた。咳きこんでしまいそうだ。これなら、蚊も退散してくれるだろう。

今は蚊遣り豚というものがはやっているが、重兵衛は火鉢で十分だ。冬にしか使いようがない火鉢が夏にも役に立つ。火鉢もうれしいのではないか。

それにしても、と思って重兵衛は再び空を見やった。梅雨だというのに雨がない。空は秋のように青く澄み渡り、雲は南にいくつか浮かんでいるだけで、雨を予感させるものなどかけらもない。

百姓衆は雨を待ち望んでいるだろう。このままでは田植えもままならない。

重兵衛は木刀を正眼に構えた。雨が降るようにと、剣尖《けんせん》を見つめて祈りをこめる。真剣のほうが祈りをこめるにはより強いのだろうから、重兵衛は刀架から持ってこようという気になった。

そこに来客があった。

「重兵衛、いるか」

声を発して、外から庭にじかに入りこんできた。

「おう、左馬助《さまのすけ》」

重兵衛はあいた片手をあげて出迎えた。

左馬助が重兵衛の前に立った。

「うむ、重兵衛、顔色もよいな。いろいろとなにごとか起きるおぬしも、今日は調子がよいようだな」

うむ、と重兵衛は笑みを浮かべて答えた。

「このあいだ、おそのどののところに挨拶に行ったのだな」

「ああ、行った。どきどきしたなあ」

重兵衛のいいようがおもしろかったのか、左馬助がくすりと笑いを漏らした。

「冷静で知られる重兵衛も、さすがに平静でいられなかったか」

左馬助が肩を叩いてきた。

「俺もそうだった。奈緒《なお》を妻にしたいと思って義父上《ちちうえ》のもとに行ったときは、胸が痛いほどだった」

「左馬助もそうだったのか」

「重兵衛や俺ばかりではあるまい。男は皆、どきどきするものさ。だが、通りすぎてしまえば、あっけないほどたやすい」

まったくだな、と重兵衛は同意を顔にあらわしてみせた。

「俺の場合、江戸を四年も留守にしていたこともあって媒酌人はいなかったが、重兵衛、本当に河上さんに頼んだのか」

「ああ、立派に務めを果たしてくれた。見こんだ通りだ」

「ほう、あの酒食らいのおっさんがまともにやれたのか。ふむ、俺にはそのほうが驚きだな」

左馬助が鼻先に漂ってきた蚊遣りの煙を払った。

「煙いな。ほう、いまだに火鉢を使っているのか。火鉢も夏に働き場を得て、喜んでいるだろう。人もそうだが、やはり働くというのはいいことだ。最もいかんのは、働けるのに働かず、金を人にたかって暮らすような輩だな。ああいうのは、人足寄場《にんそくよせば》に送りこんだほうがよい」

人足寄場は寛政二年（一七九〇）、火付盗賊改めの建議を容《い》れた、ときの老中松平定信《まつだいらさだのぶ》の命によってつくられたものだ。石川島と佃島《つくだじま》のあいだの六千坪にも及ぶ広大な土地に、無宿人や浮浪の者を人足として集め、更正をはかる施設である。人足が暮らす建物は三つあり、ほかに浴室や診療所がある。

人足寄場に送られた者は、三年のあいだ、ここですごし、左官や大工、屋根葺《ふ》き、鍛冶《かじ》、紙漉《かみすき》、機織《はたお》り、裁縫など、まだこれ以外にもあるが、いろいろな技能を身につけて人足寄場を出てゆくのである。

「左馬助にしては珍しく激しいことをいうな。なにかあったのか」

「別にないいさ」

左馬助がさらりといって、腕組みをした。

「ただ、その手の楽ばかりしようとする輩がはびこってきたなあ、と感じているだけだ。この調子では、いずれこの日の本の国は滅びかねんぞ」

「そんなに深刻なものか」

「ああ、深刻だろう」

左馬助が気を取り直したように力強く顔をあげた。

「愚痴《ぐち》るためにここまで来たわけではない。重兵衛、稽古《けいこ》をつけてくれるか」

「お安いご用だ」

重兵衛はいったん家にあがり、二本の竹刀《しない》を手にした。左馬助の前に戻り、一本を手渡した。

左馬助が竹刀を振る。にこりとする。

「気持ちよいな」

「ああ、竹刀に限らず、刀を振ると悪いものが出てゆくような気がする」

「気ではないさ。刀には本当にそういう力があるんだ。しかし最近は刀を抜かず、振らぬ者が多い。だから、心のねじ曲がった者が多くなるんだ」

一理あるかもしれぬ、と重兵衛は思った。俺ももっとがんばって刀を振らぬと、悪いものが体にたまる一方だろう。

「よし、やるか」

重兵衛が声をかけると、うむ、と左馬助が顎を引いた。

重兵衛と左馬助は庭の真んなかで、竹刀を向け合った。

二人とも防具をつけていない。まともに当たれば、竹刀といえども、怪我だけではすまされないかもしれない。

左馬助がすっとすり足で前に出てきた。小さな竹刀の動きで、小手を狙《ねら》ってきた。重兵衛はうしろに下がってよけた。

左馬助に隙が見えたので、上段から竹刀を落とそうとした。

しかし左馬助はそれを狙っていたようで、裏小手を取りに来た。

重兵衛は横に動いてそれをかわした。膝を折り曲げ、体勢を低くして左馬助の胴を打ち抜こうとした。

だが、竹刀は風を切ったにすぎなかった。左馬助の姿が消えている。

はっとしたときには、ひらりと跳躍していた。重兵衛の面を狙っている。

いきなり大技を持ってきたものだ。重兵衛はかいくぐるようにして左馬助の竹刀を避け、くるりと振り向いた。

意外なことに左馬助はすでに着地し、突きを放っていた。なんという身の軽さとすばやさだろう。これは左馬助が持って生まれたものだ。

重兵衛が真似できる技ではない。重兵衛の剣の持ち味は重厚さである。

重兵衛は体を曲げて、突きをよけた。がら空きの胴が目の前にある。

重兵衛は竹刀を振り抜こうとして、とどまった。

またも左馬助がおのれの俊敏さを利して、重兵衛への攻撃姿勢を取っていた。突きまでに至る一連の技は、ここまで持ってくるための撒き餌《まえ》だったのだ。

しかも大技のあとに再び小手を狙うという小技を持ってきている。重兵衛をもってしても、左馬助の竹刀の出どころがはっきりと見えなかった。

竹刀をびしりと叩き落とすことができたのは、重兵衛が持って生まれた勘だった。左馬助の竹刀は地面を打った。左馬助は必死に持ちあげようとしたが、重兵衛の竹刀のほうがはるかに速かった。

重兵衛は面を狙った。

まいった、と左馬助が悔しさをにじませた声でいった。顔の寸前でとまっている竹刀を見て、ふう、と息をつく。

「くそう、また負けか」

端整な顔をゆがませる。

「重兵衛の守りを崩すには、緩急とともに大技小技を織り交ぜる組み合わせしかないと確信していたのだが、今日も駄目だったか。重兵衛、どうして俺の狙いがわかった」

重兵衛は小さく笑っただけで、答えなかった。

そうか、なるほどなと左馬助が納得したようにいった。

「またも勘か」

左馬助がうらやましそうに見る。

「俺も重兵衛のような勘がほしい」

「いずれ身につくさ」

「まことか」

「ああ、毎日の稽古を怠ることなく、それこそ死ぬ気で励めば、な」

「重兵衛、おぬしは死ぬ気で励んだのか」

「そういう時期もあった」

剣で身を立てようと考え、それこそ昼夜をわかたず稽古に没頭したものだ。もうあれだけの稽古は、二度とできまい。

「よし、俺もやるしかあるまい。勘を身につけぬと、一生、重兵衛に勝てぬ」

「左馬助の持ち味である敏捷《びんしょう》さを前にだした戦い方はよかった。なにしろやりにくい。あともう一つ注文をつけるとするなら、太刀打ちの速さがほしいところだ。あと一割ほどあげると、おそらく今の俺では、左馬助にはかなうまい」

左馬助が目を輝かせる。

「まことか」

「俺は嘘はいわぬ」

左馬助の顔がむずかしいものになる。

「一割か。口でいうのはたやすいが、それだけの速さをあげるのは、相当、骨だぞ」

重兵衛はにこりとした。

「だからこそ、やり甲斐があるのではないか。たやすく越えられる目標なら、やる意味をなさぬ」

その通りだな、と左馬助がいった。

「よし、帰ってさっそく稽古に励むぞ。重兵衛、相手をしてくれてありがたかった。感謝する」

「訪ねてくれて、俺も楽しかった。また会おう」

「ああ。奈緒もおぬしに会いたがっている。今度、暇を見つけて酒でも酌もう」

重兵衛は深くうなずいた。

「必ず」

ではこれでな、といって、左馬助がくるりと体をひるがえした。重兵衛は『幼童筆学所』と記された看板のところまで行き、怒っているかのように土手道を急ぎ足で進む左馬助を見送った。

どこまで伸びるだろうか。

江戸で五指に入る剣客である堀井新蔵《ほりいしんぞう》が見こんだ男だ。資質だけ取ってみれば、重兵衛よりはるかに上だろう。

まだ眠っているだけなのだ。新蔵も必死に掘り起こそうとしているはずだ。

その手助けになれればすばらしいことだ、と重兵衛は思っている。いつか左馬助に後れを取る日がくる。

だが、それは悔しさをともなったものでは決してない。

学問を教えた作之助が自分を越えて塾頭になったのと、同じだろう。

二

右側の眉がつりあがった。

「本当か」

惣三郎は叫んでいた。恐れていたことが起きてしまったのだ。まだそうだとはいいきれないが、勘がまちがいなくそうであると告げていた。

「はい、急ぎ来てくださいますかい」

町奉行所からすっ飛んできた善吉にいわれた。善吉は、父や母と一緒に町奉行所内の中間長屋に住んでいる。

「むろんよ」

間髪《かんはつ》いれずに答えた。妻の由江《よしえ》に支度を手伝ってもらい、惣三郎は定廻りらしい身なりをととのえた。

十手《じって》を袱紗《ふくさ》にしまいこみ、懐に入れこむ。

「じゃあ、行ってくるぜ」

妻にいって屋敷を飛び出た。

「どこだ」

走りながら善吉にきく。

「その人死にが出たって家は」

「西久保葺手町《にしのくぼふきでちょう》です」

惣三郎は頭に絵図を描いた。

「天徳寺《てんとくじ》の向かいの町だな」

天徳寺は、増上寺《ぞうじょうじ》の広大な境内《けいだい》にある寺の一つである。天徳寺だけでも、小さな寺なら十は優に入ってしまうほどの広さを誇っている。

半刻ばかり駆け続けて、惣三郎と善吉は西久保葺手町に着いた。さすがに息が荒い。今日は雲が広がっており、太陽はにじむような光輪をつくっているだけで、風も涼しいが、やはり梅雨の時季ということで、汗はおびただしく出てきた。

ぐっしょりと濡れて、着物が背中に貼りついている。惣三郎は水浴びをしたくなった。そのまま酒をたらふく飲んで風通しのよい座敷でごろりと寝たら、どんなに気持ちよいだろう。

だが、そんなのは夢でしかない。

西久保葺手町に入ってからも、しばらく走った。この町はかなり広い。町屋も江戸らしく入り組んでいる。

惣三郎は善吉の先導で、一本の路地に入りこんだ。

「確かこの辺のはずですが」

善吉があたりを見まわす。

「あれか」

惣三郎は指さした。半町ほど先の路地の曲がり角の手前に、庭から伸びた樹木の枝が垂れ下がるように生い茂っているが、その向こうに数人の男が動いているのが見えたのである。

「ああ、あそこですね。まちがいありませんよ」

惣三郎と善吉は、垂れた枝をくぐって家の前に走りこんだ。

一軒家である。さほど広い家とは思えない。部屋が二つに台所か。質のいい長屋とさして変わりはない。

家の前で動いているように見えたのは、野次馬だった。顔を寄せ合って、なかをのぞきこもうとしている。

「朝っぱらからご苦労なこったぜ」

惣三郎は野次馬を横目で見て、きこえよがしにつぶやいた。

善吉とともに家に足を踏み入れる。せまい土間の向こうは畳敷きの部屋だ。六畳間である。立派な桐簞笥《きりだんす》が壁際に鎮座している。ほかに家財はない。

六畳間に死骸はなく、こぢんまりとした庭に突き出た濡縁が設けられた四畳半に、一人の男が倒れていた。書棚が二つあり、たくさんの本が並べられている。書棚の近くまで及ぼうとして口から出たとおぼしき血が、畳をおびただしく濡らしている。

「吐いたんですかね」

顔をしかめて善吉がきいてきた。

「そのようだな。人って、こんなに血を吐けるものなんだな」

これまで凄惨《せいさん》な場に幾度も遭遇してきたが、これだけの血を口からあふれさせた死骸というのも珍しい。惣三郎にとって、はじめてのことかもしれない。

すでに検死医師の紹徳が来ていた。もう死骸をじっくりとあらためたあとで、惣三郎が来るのを待っていたという。

「すみません、遅れてしまって」

紹徳が人のよい微笑を浮かべる。

「いえ、八丁堀からここまで駆けに駆けていらしたのでしょう。そのこと自体、すごいと思います。手前にできることではありませんから、河上さん、尊敬します」

惣三郎は照れて、頭をかいた。それでも知らず笑いがこぼれ出る。

「先生におっしゃっていただけると、本当にうれしいですよ」

笑みを消し、真顔になった。

「死因は」

「例の偽薬ですよ」

やはり、と惣三郎は思った。

「功鳴丸ですね」

ええ、といって紹徳が畳の上を指さす。惣三郎はとうに気づいていたが、薬の名を記した紙袋がそこに置かれていた。

惣三郎はそれを取りあげた。

中身はまだ入っている。袋は全部で三十粒入りだ。

そのうちの最初の一粒を口にして、この男はあの世に逝ってしまったのだろう。かわいそうに、という言葉が惣三郎の口を突いて出た。

「死んだのはいつですか」

「仏さんのかたまり具合からして、おそらく昨晩の四つから八つまでのあいだではないかと思います」

「死因は偽の功鳴丸をのんだこと。これでよろしいですね」

「はい、その通りだと存じます」

これで紹徳には帰ってもらった。見送った惣三郎は家に戻り、町役人を呼んだ。

「仏は誰だ」

「はい、蓑吉《みのきち》さんといいます」

頭が真っ白で、いかにも実直に年を重ねてきたのがわかる町役人が小腰をかがめて答えた。

「歳は」

ちょうど五十とのことだ。

「一人暮らしか」

「はい。ただ、ときおり同じ年頃の女の人が見えます。あの人は姉なのか、妹なのか、それとももっとほかの人なのか。なかなかの美人ですよ」

「おめえは、妾《めかけ》みてえな者っていいてえんだな」

「いいえ、そういうわけではないのですが、もしかするとそうではないかと思っております」

「その女の住みかを知っているか」

町役人がむずかしい顔をする。

「いえ、手前は存じません。——ああ、そうだ。銀一《ぎんいち》が一度見かけたことがあるっていってました」

「銀一ってのは何者だい」

「ああ、失礼いたしました。うちの番屋でつかっている小者でございます」

「その銀一は、女をどこで見かけたっていった」

「西久保神谷町《かみやちょう》にございます」

「なんだ、隣町じゃねえか。その女の名をきいたことは」

「ありますが、はっきりと覚えておりません。確か、おりんかおぎんか、そのような名だったような気がいたしますが」

わかった、と惣三郎はいった。

「その女を探しだして、事情をきくことからはじめよう」

昨日、死んだ珠左衛門の女房から話をきいたが、功鳴丸は見知らぬ行商人から買ったものだそうだ。

女房が求めたのではなく、珠左衛門が自ら購ったという。いつもの薬種問屋より、ずっと安かったそうだ。珠左衛門は喜び、行商人の持っていた紙包みをすべて買いこんだらしい。

お金に困っているわけではないから、お世話になっているお店のものを買い続けていたらこんなことにならなかったのに。

悔しそうに年老いた女房はいったものだ。

しかし、珠左衛門がすべてを買いこんでくれたおかげで、昨日は別の犠牲者が出るのを防げたのかもしれない。

だが今日、蓑吉はその行商人から偽の功鳴丸を買い、飲んでしまった。そういうことなのか。

「蓑吉というのは、なにをしていた」

「この近くで飲み屋をやっています。いえ、やっていました」

町役人が残念そうにいった。

「はやっていたのか」

「はい、まあまあだったと」

「そこも一人でやっていたのか。人は雇っていなかったのか」

「はい、一人で切り盛りしていました」

そうかい、といって惣三郎は家のなかを見まわした。

「ここは持ち家かい」

「はい、さようで。二年ほど前に蓑吉さん、ついに買ったんです」

「ほう、念願だったのか。たいしたものじゃねえか。だが、死んじまったら、なにもならねえな。かわいそうに。これまで苦労して手に入れたのに、さぞ無念だったろう」

惣三郎は蓑吉の顔に目を当てた。目は閉じているが、とても安らかとはいえない。口はゆがみ、歯をむきだしにしている。悔しさをあらわにしているとしか、惣三郎には思えなかった。

必ず無念を晴らしてやるからな。

惣三郎は死顔に告げた。

「身寄りは」

顔をあげて町役人にきいた。

「いないといっていました。天涯孤独の身だと」

そうかい、と惣三郎はいった。

「銀一を呼んでくれ」

「承知いたしました」

町役人が外に出た。惣三郎も鉄気《かなけ》くささで一杯の家をあとにした。善吉がうしろをついてくる。

「この男でございます」

町役人の横にいるのは、背が低く、一見すると、まだ手習所に通っている年齢ではないかと思えるほど幼い顔をした男だった。だが実際の歳は十九なのだという。

ときおり、歳よりずっと若く見える人間はいるものだ。

惣三郎は軽く会釈した。

「よし、おりんだかおぎんとかいう女を見かけた場所に案内してくれ」

町役人にあらかじめ言い含められていたのか、承知いたしましたとあっさりいって、銀一が歩きだす。

惣三郎はあとについた。そのうしろを善吉がさらに続く。

「旦那、蓑吉さんをあんな目に遭わせたやつを必ずあげましょう」

力強くいってみせた。

「もちろんだ」

こちらも力を入れて答えつつ、惣三郎は若い中間にちらりと目をやった。

この野郎、のほほんとした顔をしている割に、意外に熱いものを宿していやがんだよな。

だからこそ、俺の中間なんかをやっていられるんだろう。

銀一に連れられるようにして、惣三郎と善吉は西久保神谷町に入った。

この町もかなり広い。ぎっしりと町屋で埋まっており、曇り空に誘われたのか行きから人も少なくない。

「このあたりです」

目の前の辻を指さして、銀一がいった。

「蓑吉さんのところによくやってくる女の人を見かけたのは」

惣三郎は見まわした。店が多く並んでいる。小間物屋、八百屋、書物問屋、米屋、古着屋、瀬戸物屋、一膳飯屋、酒屋などが軒を連ねていた。

大勢の者たちが店を冷やかしている。

「にぎやかなものだな。それにしても――」

惣三郎は首をひねった。

「旦那、どうかしたんですかい。また独り言、いってやすよ」

惣三郎は善吉に顔を向けた。

「なにかが引っかかっているんだが、そのなにかがわからねえ」

「殴ってみましょうか」

惣三郎はにらみつけた。

「どうして俺がおめえに殴られなきゃいけねえんだ」

「殴れば、脳味噌が震えて、そのなにかがわかるんじゃねえんですかい」

「試しにやってみるか」

「本当ですかい」

惣三郎は善吉を殴りつけた。大槌で鉄の杭《くい》を打ちつけたような、ごきん、という音がした。

その音に、銀一が目をみはる。

惣三郎は顔をしかめた。

「おめえの頭には、ほんと、なにが入ってやがるんだ」

頭を抱えてしゃがみこんでいた善吉が立ちあがる。

「音なんかどうでもいいですよ。旦那、どうして殴るんですかい」

「どうだ、善吉。殴られててめえの脳味噌は震えたか」

「震えませんよ」

あっ、とその瞬間、なにが引っかかっていたのか、惣三郎は解した。

「本だ」

「えっ、本がどうかしましたかい」

「蓑吉の家には書棚があって、本がずらりと並んでいた」

「はい、確かに旦那のいう通りです。それがなにか」

「おめえはほんとに鈍いな。あそこに見えてるのは、なんだ」

惣三郎は、店が立ち並ぶ一画を手で指し示した。

「あれがなにか」

「まったく。書物問屋があるだろうよ。蓑吉は女に、ほしい書物をあの店で買わせていたにちげえねえ」

ああ、なるほど、と善吉が感嘆の声をあげた。銀一も、やっぱり定廻りはすごいという尊敬の眼差《まなざ》しで見ている。

「さすが旦那ですねえ」

善吉がほれぼれしたという顔でいう。

「ほめるな」

惣三郎は書物問屋に入りこんだ。大量の書物が積まれている。かび臭さがあり、息がつまりそうだ。

一段あがった奥に帳場格子があり、そこに主人らしい白髪の男が背筋を伸ばして座っていた。

「おめえ、店主か」

惣三郎は声をかけた。

「はい、さようで」

主人らしい男が帳場格子をどけて、下におりてきた。

惣三郎は銀一を呼び寄せた。

「女の人相を店主に教えてやってくれ」

承知しました、といった。

「輪郭は卵形で小さく、眉が細筆で描いたように薄く、目は切れ長、鼻は低いけれど愛嬌があり、顎はほっそりとしている。若い頃はさぞかし美人だっただろう、と感じさせる五十くらいの女の人です」

「ああ、それならば、おきぬさんでしょう」

おりんとおぎんとは微妙にちがうが、なんとなく似ていないこともない。

「住みかを知っているか」

「ええ、存じていますよ。お得意さまで、ときおり書物を届けますから」

「ついでにきくが、蓑吉という男を知っているか」

「ええ、存じています。蓑吉さんもお得意さまです。なんといっても、蓑吉さんとおきぬさんはここで知り合ったんですから」

「へえ、そういうことかい」

家は書物問屋の近所だった。裏長屋である。全部で十四軒の店《たな》が向き合っている。おきぬは、そのうちの左側の一番奥に住んでいた。

善吉が障子戸を軽く叩く。はい、と軽やかな声がした。五十をすぎているとは思えないつややかさだ。

善吉が御用である旨を告げた。からりと障子戸があく。

銀一が先ほど書物問屋の主人にいった通りの女があらわれた。若い頃は相当の美形だったのは疑いようがない。今でも色香はかなりのものだ。

「御用といわれますと」

怪訝そうな顔できく。

「おめえ、おきぬさんか」

「はい、さようにございます」

「蓑吉を知っているか」

「はい、存じています。書物が好きで、よくお話をします」

「話だけか」

意外な感にとらわれて、惣三郎は問うた。

「話だけとおっしゃいますと」

おきぬの肩越しに店のなかが見える。四畳半が一間に、あとは土間があるだけだ。家財道具はほとんどない。箪笥が一つ置いてあるにすぎない。

「おめえ、蓑吉の妾じゃねえのか」

ええっ。おきぬのととのった顔があっけに取られる。

「とんでもない。ただの知り合いです」

「しかしおめえ、蓑吉の家をよく訪ねていたんだろう」

「はい。あの家には珍しい書物がたくさん置いてありますから、よく見せてもらいに行きます」

「そうか、だったらあの書物はおめえのものになるのかな」

「どういうことですか」

「身寄りのねえ蓑吉が死んだからだ。おめえが引き取るのが、一番の供養なんじゃねえのかな」

えっ、蓑吉さんが亡くなった。そういったきり、おきぬが絶句し、かたまった。

震える声でいった。惣三郎はゆっくりと首を振ってみせた。

「いや、殺されたんだ」

「えっ、誰に」

「偽薬を売ったやつだ」

「偽薬ですか」

おきぬがはっとした顔になる。

「もしやあの薬が……確か功鳴丸といったかと思いますが」

「知っているのか」

惣三郎は期待をこめてきいた。

「はい、蓑吉さん、功鳴丸をよく飲んでいましたから。体にいいんだよっていって。目にもいいからって、私にも勧めてきました」

「ほう、それで」

惣三郎は先をうながした。

「昨日、私が蓑吉さんの家を訪れているとき、行商がまわってきて、功鳴丸を売りに来たんです。ちょうど切らしそうになっているところに、ふだんよりずっと安いからって、喜んで蓑吉さん、買っていました」

「買ったその場では飲まなかったのか」

「はい。大事そうに簞笥の引出しにしまっていました」

六畳間の壁際にあった桐簞笥を惣三郎は思いだした。

「行商人の顔を覚えているか」

「あまりよくは」

「人相書を描きてえ。力を貸してもらえると、ありがてえんだが」

承知いたしました、と自信なげながらもおきぬが告げた。

惣三郎と善吉は、長屋のなかに入れてもらった。ご苦労だったな、と銀一はここで帰らせた。

「特徴をきいてゆくから、思いだしてしゃべってほしい」

向かいに正座し、背筋をすっと伸ばしたおきぬに惣三郎はいった。

承知いたしました、とおきぬがうなずく。

善吉が取りだした矢立の筆を手に、紙をすり切れた畳の上に敷いて、行商人の人相書を惣三郎は描きはじめた。

一枚しか反故にしなかった。なかなか手応えのあるものができあがった。

「いいんじゃねえか」

惣三郎はにこやかにいった。おきぬが穏やかに笑んでいる。

「あっしにも見せてください」

ねだる善吉からよく見えるように、絵をくるりとまわした。

「ほう、こんな顔ですか」

顎が張り、四角張った輪郭にどんぐりのような目がのっている。頬は肉をえぐり取ったようにくぼみ、唇は上下ともに分厚い。耳はそこだけ成長しなかったように小さく、貧相だ。

惣三郎は、運があまりない男ではないかという気がした。だからこそ、偽薬などという犯罪に走ったにちがいない。

つかまらないと思っているのだろうか。そうはいかない。

運がない男は、とことんない。つかまらないわけがない。

人相書を見て、惣三郎はその思いを強くした。

必ずとっつかまえてやるから、おとなしく待ってな。

惣三郎は人相書をていねいに折りたたみ、左の袂にそっと落としこんだ。

長屋を出る前に、気にかかっていることがあることを思いだし、惣三郎はおきぬにたずねた。

「この行商人だが、蓑吉の家の界隈をまわっている様子だったか」

おきぬが考えこむ。やがて静かにかぶりを振った。

「界隈をまわって偶然、蓑吉さんの家にやってきたというより、まっすぐ向かってきたような気がします」

そうか、と惣三郎はいった。やるべきことが見えてきた気がする。

おきぬの長屋をあとにしようとして、またもとどまった。

「おめえのことできてえことがあるんだが、いいか」

「はい、なんなりとおきき ください」

おきぬが、まるで他人事のような口調でいう。

「おめえの商売だ。本が好きというのはわかった。だが、ここにはあまりねえな」

「ええ、本を買うだけのお金がほとんどないものですから」

「それで、おめえ、商売かなにかをしているのか」

「なにもしていません」

「それで暮らしが成り立つのか」

「はい、亡くなった亭主が遺してくれたお金が少し残っていますから、あとしばらく暮らすには大丈夫です」

「亭主は亡くなったのか。病か」

「はい、肝の臓の病です。お酒が好きで、いくらいってもやめてくれなかった……」

惣三郎はどきりとした。善吉がちらりと見る。

「うん、酒好きは酒をやめるくれえなら、死んだほうがいいと思っている者ばかりだからな」

「でも最後の頃は、すごく後悔していました。おきぬのいう通りにするんだった。長生きできずにごめんな、といって逝っちまいましたよ」

「そんなものさ。やめるなら死んだほうがいいだなんていっても、そんな覚悟は心のどこを探してもどこにもねえ。自分は酒なんかで死ぬことはねえと思ってるから、いうだけなんだ」

「さすが酒飲みの気持ちはよくわかりますねえ」

まあな、と惣三郎は顎を上下に動かした。おきぬを見やる。

「しかし、いつまでも亭主の金が残っているわけじゃねえな」

「旦那が面倒見てやったら、どうですかい」

「それもいいが」

「旦那はご新造一筋ですからね」

「それはうらやましい」

おきぬが惣三郎をまぶしそうに見ていう。

「おめえの亭主も、そうだったんじゃねえのか。長生きできずごめんな、というくらいだからな」

おきぬがこくりとうなずく。

「ええ、そうでしたね。私にぞっこんでいてくれました」

亭主の面影を引き寄せるように、一瞬、かたく目を閉じた。

「私は医者になろうと思っています。亭主が亡くなったとき心に決めたんです。亭主のかかった医者が治せなかった病を、私がきっと治してやろうって」

きらきらというより、瞳をぎらつかせておきぬがいった。執念を感じさせる目だ。

「じゃあおめえ、蓑吉のところで本を読んでいたのも、そのためか」

さようです、とおきぬが答えた。

「そうか、がんばってくれ。俺もいずれおめえの世話になるかもしれねえ」

「八丁堀の旦那、とにかくお酒はすごしすぎてはいけませんよ」

「うむ、肝に銘じる」

「喉元すぎれば熱さを忘れる、ってことにならないようにしてくださいね」

これは善吉がいった。

「てめえ、えらそうにいうんじゃねえ」

善吉が首をすくめる。

「すみません」

惣三郎はよくよく礼をいって、おきぬの長屋をあとにした。

「おきぬさん、立派ですねえ」

「おめえも見習いな」

「あっしが医者になれますかねえ」

「おめえには無理だ。そういうことをいってんじゃねえ。心構えのことだ。のんべんだらりと生きちゃ駄目ってことだ。人は目標をもたねえとな」

「なるほど。旦那はどうなんですかい。目標はありますかい」

「俺も今はのんべんだらりってことだな」

「お互いいけませんねえ。旦那、がんばりましょうね」

善吉が気安く肩を叩いてきた。

惣三郎はむっとした。

「だからおめえ、えらそうにするなっていってるだろうが。当面、おめえはそれを目標にしやがれ」

惣三郎は赤坂今井町《いまいちょう》に向かった。ほんの四半刻ばかりで着いた。

「よし、ここだな」

惣三郎がいうと、善吉が看板を見あげた。

「功鳴丸ですか。ああ、ここで例の薬を売っているんですね」

「ここは偽薬じゃねえぞ。本物だ」

「ああ、きっと高いんでしょうねえ」

「まあ、安くはねえな。だからこそ、安い偽薬なんてのをつくろうって馬鹿は、あとを絶たねえんだ」

建物の正面に掲げられている扁額には、『大仙堂《だいせんどう》』と太く墨書されていた。

「ふーん、ここが元締ですか」

「うん、功鳴丸はここでしか売ってねえ。よそには卸していねえんだ」

「丸儲けってやつですね」

「まあ、そうだな。しかし、売れる薬なんてものは、つくった者勝ちっていうところなんだろう」

惣三郎は暖簾をくぐった。

年老いたあるじと番頭の一人は、偽薬が出まわっているときいて、仰天した。それで人死にまで出たときいて、あるじはぶっ倒れそうになった。あわてて布団に寝かせることになり、惣三郎は前置きもなく口にしたことを、少し後悔した。

二人の番頭と話を続けた。

「おめえら、この店の得意客の名寄せを持っているか」

「はい、もちろんにございます。店にとってなによりの財産でございます」

番頭の年かさのほうが答えた。

「そいつがよそに漏れているってことはねえか」

「えっ」

二人の番頭が顔を見合わせる。

「そのようなことはないと存じますが」

「自信がなさそうだな」

はあ、と二人が力ない声をそろえる。

「実を申しますと、この前やめたばかりの手代が、その大事な名寄せを写したのではないかと思える節があるのでございます」

「どういうことだ」

「その者は、博打《ばくち》などに走り、うちをくびになったのでございます。そのとき腹いせに名寄せを写していったのではないか、と思われるのでございます」

　そいつは怪しいな、と惣三郎は思った。いや、そいつだ、まちがいねえと確信した。善吉も同じように考えている顔つきだ。

「その元手代の名は」

　裕太郎《ゆうたろう》という名だった。

「ここには住みこみだったのか」

「はい、さようで」

「今、どこにいる」

「それはわかりません」

　年かさの番頭がいった。

「あの、裕太郎はなにかしでかしたのでございますか」

「まだわからねえ。だが、やっているおそれは大いにあるな」

　惣三郎はおきぬの長屋で描いた偽薬の行商人の人相書を取りだし、二人に見せた。

「この男を知っているか」

た。


「いえ、存じません」

二人はあっさりと首を横に振った。

惣三郎は善吉から一枚の紙を借りた。二人の番頭に話をきいて、裕太郎の人相書を描いた。

できあがった人相書を懐にしまいこみ、惣三郎と善吉は、裕太郎が店の者の目を盗んで出入りしていたという賭場《とば》を営むやくざ者のところに向かった。

「賭場のことはしばらく不問に付してやる。裕太郎の居場所を教えろ」

惣三郎は親分を脅すようにいった。

親分は裕太郎のことはろくに知らなかったが、何人かの子分は知っていた。

「今も賭場に顔を見せているのか」

「いえ、ここしばらくは来ていないですね」

「いつから来てねえんだ」

「もう半月になるでしょうか」

「おめえ、やつの住みかを知っているのか」

「詳しくは存じませんが、麻布本村町《ほんむらちょう》に住んでいるってのは、きいたことはありますよ。なんでも、いい空き家が見つかったってことで」

本村町は、麻布という地名がここから起きたといわれている古い町である。

「そうかい、ありがとよ」

惣三郎はそういったが、まだ席を立たなかった。

「賭場で見ていて、裕太郎の様子がおかしいと思ったようなことは、ここ最近なかったか」

そういえば、と一人の子分がいった。

「賭場で顔なじみになった者たちと、隅っこのほうでひそひそと話をしていましたねえ。あれはいかにも悪巧みをしているって顔でしたねえ」

「者たちというと、何人だった」

「五人でしたかね」

「名はわかるか」

「全員じゃありませんけど」

惣三郎は、子分が口にする名を、善吉に命じて紙に書かせた。

裕太郎以外で、三人の名がわかった。こいつらが一緒になって今回の件を企んだのだ。

裕太郎一人でできることではない。

もう一人、名のわからない者もとっつかまえれば、はっきりする。

「裕太郎さん、なにかしたんですかい」

子分の一人が興味津々にきいてきた。

「そのうちわかる」

素っ気なくいった惣三郎は一枚の人相書を取りだした。偽薬の行商人のほうだ。それをやくざ者たちに見せた。

「こいつを知っているか」

「ああ、知っていますよ」

三人のやくざ者がほぼ同時に声をあげた。

「誰だ」

「さっきの紙に陽助《ようすけ》って名を書いたじゃないですか。その陽助さんですよ」

こいつはそんな名だったのかい。

惣三郎は人相書に強い視線を当てた。

お日さまの当たる道をまともに歩けねえ悪党のくせして、陽助かい。皮肉なもんだ。

惣三郎は善吉をうながして、やくざ者の家を出た。

「旦那は裕太郎に仲間がいるって、はなから踏んでいたんですかい」

「まあな。裕太郎は小悪党だが、博打以外、悪さはしてねえようだ。名寄せを写して持ちだしたのも、誰かにそそのかされたんじゃねえかって、なんとなく思っていた」

「さすが旦那ですねえ」

「ほめるな」

にかっと笑って、惣三郎は足早に歩を進めた。善吉が遅れじとついてくる。

「八丁堀の旦那」

あと少しで麻布本村町というところで、横合いから声をかけられた。

見ると、おしんが立っていた。蔬菜の入った駕籠を背負っている。

「おめえ、蔬菜の行商をはじめたのか」

おしんがかぶりを振る。

「ちがいます。仕入れの帰りですよ」

この女の生業は小料理屋だ。

「このあたりで、蔬菜をよく仕入れているのか」

「ええ、物がいい八百屋さんがあるんですよ。頼んでおけば届けてくれるんですけど、歩いたほうが体の調子もいいものですから」

「歩くのはいいことだと俺も思うぜ。おかげで俺は風邪一つ引かねえ」

「旦那が風邪を引かないのは、別の理由があるからじゃないですかい」

「おめえ、殺すぞ」

「すみません」

まったく、といって惣三郎はおしんに向き直った。

「すまねえな。まだ亭主は見つからねえ。人相書を町々の自身番にばらまく用意をしているところだ」

「お手数をおかけします」

「あまり気にやむんじゃねえぞ。体がまいっちまうからな」

じゃあこれでな、といって惣三郎はおしんと別れた。

しばらく行って振り返ると、まだそこに立っていてこちらを見ていた。切なそうな瞳をしているのが、半町ほどを隔てていても知れた。

亭主が見つからないのが、こちらのせいのような気がしてきた。

「まいったな」

惣三郎は声にだした。

「ほんとですね」

善吉が同意を見せる。

「なにもしていないのが、悪いような気がしますものね」

「頭のめぐりの悪いおめえにしちゃあ、よくわかったな。この偽薬の一件が片づいたら、必死に捜すしかねえな」

「旦那は偽薬の一件の解決がもう近いって、思っているんですかい」

「ああ、じきだろうさ」

惣三郎たちは麻布本村町に入った。自身番に行き、裕太郎の住みかをきいた。驚いたことに、今もこの町で暮らしているという。夜、よく他出するそうだ。

「今頃、寝ているかもしれないですねえ」

町役人に案内してもらい、裕太郎の家に向かった。

あれです、という町役人の言葉で惣三郎たちは足をとめ、十間ほどの距離を置いて家を眺めた。

まだ新しい家だ。ちょっと狭いが、それでも二間はあるだろう。背後を林に囲まれている。

「ほう、なかなか人目につきにくいところに建ってるじゃねえか」

惣三郎は、おきぬの長屋で描いた行商人の人相書を取りだし、町役人に見せた。

「この男に見覚えはねえか」

町役人がじっと見入る。

「ええ、あの家で見かけたことがあるような気がしますよ」

そうかい、と惣三郎はいった。満足だった。

そのまま善吉と二人で裕太郎の家を張りこんだ。町役人には、応援の者をよこすよう、町奉行所へとつなぎを頼んだ。町役人は小者をさっそく走らせたという。

一刻後、人数が三十人ほどに増えた。ここまで増えるとは、惣三郎は思っていなかったが、このまま捕物に入ることができると思えば、この人数は歓迎だった。

張りこみは他の者にまかせ、この家のことを調べた。

ここで妙なにおいがしたり、怪しげな男たちが出入りしたり、ということはなかったようだ。つまり、ここでは偽薬をつくってはいないのだろう。

夜の五つすぎになって、家の戸があき、なかから一人の男が姿を見せた。隣の家から漏れる灯りで、ちらりと横顔が見えた。

「裕太郎ですね」

善吉がささやきかけてくる。ああ、と惣三郎は言葉短く答えた。

裕太郎は家の前で提灯に火を入れた。歩きだす。提灯がぶらぶら揺れて、近くの塀や家の壁などをそろりと映しだす。

惣三郎と善吉は、距離をあけて裕太郎のあとをついていった。

提灯がいい目印になっている。これならば、よほどのことがない限り、見失うことはあるまい。

裕太郎は北に向かって歩いてゆく。

やがて原宿村《はらじゆくむら》に入った。まわりは田畑だらけで、肥《こえ》のにおいが強くしている。梅雨というのに雨がなく、乾燥しているせいなのか、においはずっと強く感じる。

裕太郎が不意に右に折れた。畦道《あぜみち》も同然の道である。

その先は、一軒の家で行き止まりになっている。家には明かりが暗く灯っているのが、戸や雨戸の隙間から漏れ出る弱々しい光から知れた。

「あそこかい」

惣三郎はつぶやいた。

「肥のにおいがやたらに強いから、妙な薬をつくっていても、変に思われねえ。うまいところに目をつけたもんだぜ」

善吉が背伸びをして、家を眺めている。距離は一町ばかりある。

「あそこに、賭場で知り合った五人が勢ぞろいしているんですかね」

おそらくな、と答えて惣三郎は人相書を取りだした。

暗くてろくに見えないが、どんな風貌か、とうに頭に刻みこんである。どこで会っても見逃さない自信があった。

忍びを思わせる動きの小者が一人、家に近づいてゆく。

すぐにその姿は闇にのまれた。

軒下にひそみ、じっと家のなかの気配をうかがっているのが、惣三郎の脳裏に浮かんできた。

やがて戻ってきた。

すでにやってきている与力の門田典膳《かどたてんぜん》のもとに行く。惣三郎も呼ばれた。

「どうやら薬をつくっているようだ。五人ほどの声が漏れきこえたらしい」

典膳が惣三郎にいった。

「では、すぐに取りかかりますか」

「うむ、やろう。夜明けを待つまでもない。たっぷりと龕灯《がんどう》を用意させた。あれだけあれば、逃すようなことはあるまい」

三十人の捕り手は家を包囲し、じっと息をひそめた。すでに全員が鉢巻に襷《たすき》がけをし、裾をからげている。

惣三郎は十手をじっと握り締めている。汗ばむのか、善吉が顔の汗をふく。

おびただしい蚊が寄ってきているが、払うのがせいぜいで、ぴしゃりとやるのははばかられた。あたりは蛙の鳴き声が盛大にしているが、蚊を叩く音が家に届くおそれは、なきにしもあらずだった。

早くやろうぜ、と惣三郎は思った。蚊地獄から一刻も早く逃れたい。

四半刻後、四つの鐘の音を合図にして、馬上の門田典膳が手を振った。ようやくだった。むしろほっとした思いで、惣三郎は動きだした。

他の捕り手も動いている。まずは十人ほどが乗りこむ手はずになっていた。あとの二十人は、家から逃げだす者を取りこむ網を張っている。

行くぞっ。そんな声がかかり、十人がいっせいに家に向かって襲いかかる。

惣三郎と善吉は、表口から家に入りこもうとした。

「御用だ」

多くの龕灯が家に向けられる。夕方ほどの明るさに家が包まれた。

惣三郎は戸を蹴破った。箪笥が倒れるような大きな音が立つ。灰神楽《はいかぐら》のように土埃が舞ったのが、夜目にわかった。

龕灯がすぐさま向けられ、狼狽《ろうばい》を隠せずにいる男たちの姿を映しだす。茶碗やらが割れる音が次々にきこえている。妙なにおいが鼻をつく。

惣三郎は善吉とともに、広い土間をまっすぐ男たちに向かって走った。右手の十手を振りかざす。

「神妙にしやがれ。すれば、手荒な真似はしやしねえ。おとなしくしやがれ」

惣三郎は叫んだ。

男たちが泡を食って、裏口から逃げだそうとする。しかし、そちらからも捕り手が乱入してきていた。

逆戻りしてきた男と惣三郎はかち合った。男の手に光る物がある。

匕首《あいくち》だ。それが惣三郎に向かって突きだされてきた。

「なめるなっ」

惣三郎は叫び、十手を鋭く縦に払った。きん、と鉄の鳴る音が響き、火花が散った。匕首は土間に叩きつけられた。

男が体をひるがえそうとする。惣三郎はがら空きの肩に十手を叩きこんだ。

鈍い手応えがあり、骨が折れたような音がその直後、伝わってきた。男が悲鳴をあげ、土間に倒れ伏す。

惣三郎はほかに得物を隠し持っていないか、慎重に男の体を探った。よし、と善吉に向かっていった。かすかに笑みを浮かべる。

「縄を打ちな」

へい、と元気よく答え、善吉が捕縄《とりなわ》で男をぐるぐる巻きにする。

捕物はその後、四半刻の半分もかからずにすべて終わった。五人の男はすべて捕縛された。

惣三郎がとらえたのは、行商人をつとめた陽助だった。おきぬの記憶は確かで、人相書は実によく似ていた。

惣三郎は、今夜の手柄を門田典膳にほめられた。でっぷりとした頬にたっぷりの笑みをたたえている。

「いずれ金一封が、御奉行よりくだされるであろう」

翌日、惣三郎は典膳に呼ばれた。

当然、金一封だと思って典膳の部屋に心を弾ませて向かった。

だが、いわれたのは別のことだった。

「惣三郎、昨日、おめえが引っとらえた陽助が命惜しさからだろうが、妙なことを口走った」

「どんなことでしょう」

惣三郎は典膳にたずねた。

「もっとあくどいことをしている者がいるというんだ」

「あくどいことというと、どんなことでしょう」

ほかにこの部屋には誰もいないのに、典膳が声をひそめた。

「またも偽薬だ。だが、それはこたびのものとはくらべものにならないほど、もっと大がかりなものらしい。でかい金が動くのではないか、という話だ」

三

相変わらずすごい。

重兵衛には、それしかいいようがない。

江戸に初めて来たときも、江戸の人の多さには仰天したものだが、ここ品川の殷賑《いんしん》さには、何度訪れても目をみはらされる。まるで日本中の旅人がここに集まっているのではないか、とすら思えるほどだ。

まだ日のあるうちから弦歌さんざめき、あけ放たれた二階の障子の向こうで、三味線の音に合わせてもつれるように踊る男女の姿をそこかしこで見ることができた。

女の嬌声や男たちの哄笑も降ってくる。世の中は不景気とのことだが、そんなことは微《み》塵《じん》も感じさせないにぎやかさである。

重兵衛は、四方から伸びてくるやわらかな手をくぐり抜けてゆく。飯盛女たちは、うちにおいでなさいよ、忘れられない夜にしてあげるわよ、と猫なで声を次々に口にして重兵衛を誘ってくる。

「もう宿は決まっているから」

重兵衛はそんな声を発して、足早に歩き続けた。

ようやく柳河屋の前に着いた。

「お師匠さん、いらっしゃい」

「待ってたわよ」

「相変わらずいい男ねえ」

飯盛女たちがいっせいに寄ってきた。

「ねえ、手習が終わったら、どうするの。なにか予定が入ってるの」

「入ってないわよねえ。ご新造はいないって話だから」

「あら、うれしい。それをきいて、あたし、燃えてきたわ」

「入っていないなら、あたしのところに来て。今夜はもうあけておくから」

「いや、そういうわけには。手前は村に帰らなければならぬゆえ」

「あら、ずいぶんかたい言葉を使うわねえ。お師匠さん、元はお武家なの」

「この物腰からすると、そうとしか思えないわね」

「もう刻限なので、通してもらえるかな」

「ああ、ごめんなさいね」

女たちがいっせいにどく。

海からの涼しい風に揺れる柳河屋の暖簾が見えた。いや、そうではない。客たちが次々に払ってゆくせいで、暖簾が静まる暇がないのである。

柳河屋の繁盛ぶりは、品川でも随一ではないか。それは、やはり女将のお阿佐の手腕なのだろう。

重兵衛はようやく柳河屋のなかに、足を踏み入れた。ここも大勢の客でごった返している。

膳を掲げた女中たちが走るように行きかっているが、うるさくはない。不思議な静謐《せいひつ》さが宿のなかを漂っている。

「おっ、あんたは」

横合いから声をかけられた。誰であるかを認め、重兵衛は会釈した。男もにこやかに返してきた。

依三という男である。ふらりとして土間に落ちようとしたのを、重兵衛は横から支えたのだ。その直後、この男とまちがわれ、飯盛女に抱きつかれたのを、重兵衛は明瞭に思いだした。

「あんたも、この旅籠をなじみにしているのかい」

依三にきかれた。

「いえ、手前はそういうわけではありません。別の理由でやってきました」

「別の理由だって。いったいどんなわけでこの宿に来たんだい」

答えてくれるのを信じて疑わない瞳をしている。重兵衛は内心、苦笑した。このあたり、江戸の者は実にあけっ広げだ。

「女将に頼まれて、この旅籠で働く女性たちの子らの手習師匠をしているのです」

「えっ、手習師匠かい。本当に遊びに来たわけじゃねえんだ」

「ええ、働きに来ました」

「そいつはええな。いま品川にいる男たちのなかで、そんな殊勝な男は、宿で働く者以外では、おまえさん、ただ一人じゃないのかな」

あるいはそうかもしれぬ、と重兵衛は思った。品川は江戸に近いこともあり、あの巨大な町からも大勢の男たちが飯盛女を目当てに流れこんでくる。

「終わったあと、飲むんかい」

「いいえ、手前はほとんど飲めませんから」

「帰るのかい。お師匠さん、どこから来ているんだい」

重兵衛は答えた。

「へえ、白金村か。遠くはねえけど、夜道を行くのはけっこう物騒だね」

重兵衛は危ない目に遭ったことはないが、ふつうはそういうふうに感じるものなのかもしれない。

どたどたと足音がした。見ると、一人の飯盛女が近づいてきたところだった。

「あっ、いた。いーさん、こんなところで油売ってて。あたし、ずっと待ってたのよ」

「おう、おいと。すまねえな。ちと知り合いに会ったんでな」

おいとが重兵衛に目を向ける。

「あっ、この人ならあたしも知ってるよ。あたしに抱きついて離れなかった人」

「えっ、そうなのかい」

重兵衛を見て、依三が顔をにやつかせる。

「手習師匠なのに、なかなかやるもんだね」

「いえ、それは誤解です」

重兵衛はあわてていったが、そのときには依三は背を見せていた。うしろをおいとが追ってゆく。

ふう。重兵衛はため息をついた。

旅籠の裏手にまわり、手習所の建物に入る。

まだ手習子は集まっていなかった。少し早く来たようだ。

その後の四半刻で、すべての手習子が集まった。最初の手習のときと、ほぼ同じ顔触れである。

みんな、この前と同じように熱い瞳をしていた。

すぐに手習ははじまった。

半刻ほどしたとき、なにか妙な気配が重兵衛の胸に伝わってきた。

これはなんだろう、と内心、首をかしげた。

すぐにわかった。なにか騒ぎが起きている。旅籠のほうだ。

今は、それがはっきりと感じ取れる。

重兵衛は首を伸ばし、旅籠のほうを見た。そうしたからといって、なにが見えるわけでもなかった。

「お師匠さん、どうかしたの」

手習子の一人にきかれた。

「うん、ちょっとな」

重兵衛は我慢できず、立ちあがった。

「みんな、そのまま手習を続けてくれ」

いい置いて、教場を出た。六つをすぎているだけに、もうだいぶ暗い。太陽はすでに海の彼方へと没していた。月はあるが、次から次へとやってくる雲のうしろに出たり入ったりを繰り返していた。

旅籠のほうにまわる。

女中や飯盛女の悲鳴が耳に届きはじめた。

やはりなにか起きている。

外で薪割《まきわ》りでもしていたらしい年老いた下男もそれを察したようで、歳を忘れたように駆けている。旅籠のなかから怒号がきこえだしていた。

「どうした、なにがあった」

あわてて外に出てきた女中の一人をつかまえて、重兵衛はきいた。

「いえ、それがよくわからないんです。火事のようなんです」

しかし、半鐘もきこえなければ、煙も出ていない。きな臭さもない。木がきしんでもいない。

本当に火事なのか。別のことではないのか。そのことを重兵衛は女中にいった。

「火事だという叫びを私はききました」

我に返ったように女中が旅籠のなかに戻ろうとする。

「もし火事ならお客さまを外に導かなくてはなりません」

きっぱりといった。確かにその通りだ。奉公人だけが逃げて、客が置き去りというのでは、あとでそしりを免れないだろう。

重兵衛は女中とともに駆けた。別の女中が外に出てきた。数人の客と一緒である。

重兵衛はその女中にただした。

「もしかすると、押し込みかもしれません」

女中は息も荒く告げた。

「押し込みだって」

つまり商家に対してするように、旅籠に金目当てで押し入った者がいるということか。

柳河屋は繁盛している宿だ。常に大金が動いている場所である。狙われても決して不思議はない。今まで押し入られたことはなかったのだろうか。

あれはきっと、と重兵衛は思った。賊があげている声ではないか。混乱を狙っているのだ。

煙は出ていない。しかし、火事だという声は確かにきこえてくる。

喧噪《けんそう》が渦巻いている。泊まり客も部屋の外に大勢出ている。

重兵衛はなかに飛びこんだ。

火事だと騒げば、こうして大勢の客が右往左往する。宿の奉公人も客を導くことにかかりきりになり、帳場のほうが手薄になる。賊はそれを狙っているにちがいない。

やはり押し込みだ。重兵衛は確信した。

「帳場はどこだ」

先ほどの下男を見つけ、重兵衛は問うた。

「帳場ですか」

こんなときになにをいっているのだという顔だ。まさかこの男は、との思いがそれに上塗りされる。

「押し込みがやってきているかもしれぬ。早く教えてくれ」

「押し込みですって」

しわ深い顔をさらに深めて、下男が愕然《がくぜん》とする。

「うむ、一刻も早く駆けつけなければならぬ」

「帳場は二階です」

下男が階段を指さす。

「あの階段の裏手です。『コ』の字の形をした壁にさえぎられて、ちょっとわかりにくいですけど」

重兵衛は走った。確かに壁がコの字形をしていた。

帳場には一人、見覚えのある番頭が残っているだけだった。相当の大金が入れられているらしい金箱と大福帳を、いつでも持ちだせるように支度しているところだった。

いきなり走りこんできた重兵衛を目の当たりにし、番頭が喉を上下させる。目が恐怖で泳いでいた。

「驚かせてすまん」

重兵衛は軽く頭を下げた。

「金は無事か」

番頭は怪訝そうな表情を貼りつかせて、なにも答えない。

「押し込みという話をきいて、駆けつけたのだが」

「えっ、押し込みにございますか。手前は火事とききき、今は様子を見ているところにございますが」

番頭のいう通り、ここには誰もいない。騒ぎに取り残されたように、静けさが支配している。

もっとも、宿内の喧噪はおさまりつつあるようだ。耳を澄ましても、怒号や悲鳴などはきこえてこない。

「ああ、どうやらたいしたことはなかったようにございますね」

胸をなでおろして、番頭がいう。

「いや、まだ油断はできぬ」

これは勘だが、まだ賊が居残っているような気がしてならない。重兵衛は番頭を見つめた。

「得物はあるかな」

重兵衛は、手習所が設けられた裏手に向かって歩いた。番頭が差しだしてきた刀を腰に帯びている。

これが、びっくりするようなすばらしい刀だった。どう見ても名刀の類である。

どうやら、飯盛女に夢中になって長逗留《ながとうりゅう》した侍が支払いができず、代金の代わりに置いていったものらしい。

しかし、これだけの刀ならいったいいくらの値がつくものか。百両ではきかないのではないか。

いつものように潮の香りが漂っている。潮が満ちているのか、重兵衛が品川にやってきたときよりだいぶ濃い感じがする。そのせいか大気が重みを増していた。

おや。重兵衛は闇を透かした。いま人が動いていなかったか。

それも一人ではない。数人いたような気がした。

どうして裏手にまわってきたのか。

あの騒ぎがなんだったのか、それもわからない。

火事でもないし、押し込みでもないようだった。客たちは不満を口にしつつも、きっと部屋に戻りつつあるだろう。

重兵衛は、人影が見えたほうへと小走りに向かった。

波打ち際に来た。積まれた石垣に穏やかな波が打ちつけて、心を落ち着かせる音を立てている。

どこだ。人影は見えない。松林が左手に広がっている。そちらに行ったのか。重兵衛は足を向けようとした。

「——乗れ」

命じる声がきこえ、足をとめた。

意外に近くからきこえた。重兵衛は腰を落として、あたりの気配を探った。

頭上に厚い雲がやってきたようで、月はすっぽりと隠れている。

どこだ。目を凝らす。いた。

距離は半町ほどか。思ったよりも離れている。漂う潮の濃さが影響して、近くにきこえたのか。右側の海沿いに、数人の影が動いていた。

重兵衛は足音を殺して、再び走りだした。刀の鯉口《こいぐち》を切る。

漁《いさ》り船が夜漁をしているのか、海にはぽつりぽつりと灯りが眺められた。大気の揺れとともに灯が揺れ、どこか幻を見ているような気分になる。

半町を隔てていても、男たちが異様な気を発しているのが知れた。殺気立っているのは、紛れもなかった。

一艘の船がつながれている。そんなに大きなものではないが、十人ばかりなら楽に乗れるだろう。

乗れ、といわれたのは誰なのか。柳河屋からかどわかされた者がいるのか。そうとしか考えられない。

あの男たちの目的は、かどわかしにあったのだろう。

男たちがぞろぞろと船に乗りこんでゆく。舫綱《もやいづな》が杭からはずされた。櫓《ろ》をきしませて、船が動きはじめる。

まずい。もはや足音を気にしている場合ではなかった。重兵衛は走る速さをあげた。風を切る音が耳をかすめてゆく。

船は岸からすでに一間ばかり離れている。だが、あのくらいの距離なら、跳躍すれば十分に届く。船が引っ繰り返るかもしれない。誰が乗せられているかわからない以上、それは避けたい。

うまく船に足を着き、船を揺らさないようにしなければならない。

岸まで来た。重兵衛は跳ぼうとした。しかし、もう船との距離は三間ばかりにひらいてしまっている。

ままよ。

重兵衛は地を蹴って跳んだ。一瞬、夜空に飛びだしたような錯覚にとらわれた。

足が艫《とも》に着く。だが、それも錯覚だった。重兵衛が足を着いたと思ったその直前、船が船足を増し、すいと動いた。艫だと思った場所にはなにもなかった。重兵衛は空を踏んだ。

あっ、と思った次の瞬間には、どぼんという音とともに海のなかにいた。

最初に思ったのが、せっかくの名刀を海水に濡らしてしまうというものだった。

その思いは、船から浴びせられた哄笑《こうしょう》で消えた。重兵衛は立ち泳ぎをしつつ、船を見あげた。

艫に一人の男が立ち、腹を抱えて笑っている。背後の一人も大笑いし、重兵衛を指さしていた。

二人とも身なりはさしてよくない。ちょうど雲が切れ、月が顔をのぞかせた。艫に立つ男のすさんだ顔が照らしだされる。

見覚えのある男では、むろんない。重兵衛は深く彫りこむように、その男の顔を脳裏に刻みつけた。

重兵衛は泳いで岸に向かった。故郷の諏訪では諏訪湖で水練が行われる。重兵衛には水練の心得がある。もしなかったら、初めての海ということで、あわてふためいていたのではないか。

それでおそらくは溺《おぼ》れていたはずだ。結果は水死だったか。

水を吸った着物が重く、泳ぐのはかなり骨だ。それでも、岸が近いことが幸いし、たどりつくことができた。

男たちが船に乗りこんだところには、ちょうど小さな階段が切ってあった。

ありがたし。それをのぼり、重兵衛は岸にあがった。着物から水がぼとぼとしたたる。重くてならず、できれば脱いでしぼりたいくらいだ。

だが、今はその時間はない。誰かがかどわかされたことを、宿の者に伝えなければならない。

宿の者は、おそらく知らないのではないか。知っていれば、重兵衛のように駆けつけたにちがいない。

重兵衛はふと教場で待っている手習子のことを思いだし、手習所に入った。

手習子たちは待ちかねていた。戻ってこない重兵衛を気にし、様子を見に行こうとしているところだった。

頭までびしょびしょの重兵衛を見て、手習子たちが目をむいた。どうしたの、と口々にきいてくる。

重兵衛は事情を説明した。

「誰がかどわかされたの」

手習子が案じ顔できいてくる。自分の母親ではないか、と思っているのが知れた。

「かどわかされたのは、たぶん客ではないかと思う」

この言葉が慰めになるかわからなかったが、重兵衛はとりあえずいった。

「女将さんに知らせてくる。今日は手習は終わりだ」

重兵衛は告げた。手習子たちが残念そうにする。いとおしくてならない。

後ろ髪を引かれる思いで、重兵衛は教場をあとにした。

柳河屋のなかに入った。

土間に数人の男がおり、囲まれるように女将のお阿佐がいた。帳場のあたりはさっきの混乱ぶりが嘘のように、静謐に包まれていた。三味線の音は、よその旅籠からのものだろう。

「どうされました」

重兵衛を見て、いった。あわてて近づいてきた。

「びしょ濡れではないですか」

重兵衛はお阿佐にことの経緯を説明した。

お阿佐が形のよい眉を曇らせる。

「人がかどわかされた」

「うむ、誰かいなくなった人はいるかな」

「今、先ほどの騒ぎがなんだったのか、皆で話していたのですが」

「火事という声は俺もきいた。あれは、宿泊していた者を部屋の外にださせるためだったのではないかな」

「では、かどわかされたのはお客さまですか」

「うむ。この旅籠は広いゆえ、目当ての客がどの部屋にいるか、そこまでわからなかったのだろう。それで、火事という策を弄《ろう》したのではないかな」

お阿佐が番頭と手代に、誰がかどわかされたのか、徹底して調べるように命じた。

そのとき、飯盛女の一人がふらふらとやってきた。見覚えのある女だ。重兵衛に抱きついたおいとである。

女将さん、とかすれた声でお阿佐に呼びかける。

「おいとちゃん、どうかしたの」

重兵衛には、さらわれたのが誰か、わかったような気がした。

「いーさんがいないんです」

「依三さんがいない」

お阿佐が重兵衛にさっと顔を向けてきた。目に狼狽がかすかに刻まれている。

「まさか依三さんが……」

重兵衛はおいとの前に立った。

「依三さんは何者だ」

さあ、とおいとが首を振る。

「あたし、なにも知りません」

「職のことなど、口にしたことはないか」

「あったような気もするんですけど」

おいとが考えこむ。

「なにかの行商をしてるといっていたような気がします」

「なにかというのは、思いだせないか」

「はい、すみません」

重兵衛は少し間を置いた。

「依三さんは、誰か人の名を口にしていなかったか」

「ああ、確か、男の人の名を二人、寝言でつぶやいていました」

「二人か。なんて名か覚えているかい」

重兵衛は優しくきいた。

「ええ、覚えています。どんな字を当てるかわからないんですけど、えいぞうさん、りょうざえもんさん、の二人です」

えいぞうは栄蔵か。りょうざえもんは良左衛門だろうか。しかし、当てる漢字はいくらでもあるから、ここでいろいろ考えても意味はない。

「ほかに依三さん、なにかいっていなかったかな」

重兵衛はさらにたずねた。

「はい、いってました。これから上方に向かうところだと」

「上方へ。依三さんは、ここへはいつから逗留しているのかな」

「三日前です」

これはお阿佐が答えた。

「つまり、急ぎの旅ではないということか」

「ええ、もてててもててしようがないから、女から逃げるために上方へ行くんだっていってました」

おいとが目をとろんとさせていった。

「とてもいい男ですから、それもわかる気がします。あっちもうまいし」

「金は持っていたのかな」

重兵衛は新たな問いを発した。

「ええ、相当持っているのは確かですよ」

おいとが目を輝かせていった。

「あたしにも気前よくくれましたから」

これ以上、おいとにきくことはなかった。

視線をお阿佐に当てた。

「かどわかされたのは依三さんでまちがいないと思うが、念のためにほかの客がいなくなっていないか、調べたほうがよいな」

「はい、すぐに」

お阿佐が番頭と手代に、重兵衛がいった通りのことを命じた。はい、という声とともにすぐさま数人の男が散ってゆく。

「宿帳には、依三さんがなんて書いたか、知っているかい」

重兵衛はお阿佐にたずねた。

「はい、存じています。赤坂新町四丁目の長右衛門店《ちょうえもんだな》という長屋が住まいと記されていました」

なんとなくだが、その住所は偽りではないか、という気が重兵衛はした。

「重兵衛さん、私、出かけます」

「どこへ」

「代官所です。依三さんがかどわかされたことを届け出なければなりません」

「お阿佐さん自ら行くのかい」

「はい。旅籠内で起きたことは、すべて私の責任ですから」

身重のお阿佐のうしろについて重兵衛も歩いた。代官所でなにかきかれるかと思ってのことだが、なにもきかれなかった。すでに代官所は終わっており、緊急の届け出を受理する掛だけが宿直としているだけだった。

代官所を出て宿へと歩きはじめたお阿佐の顔は浮かない。

「お阿佐さん、どうした」

重兵衛は気になってきいた。

お阿佐が残念そうに首を振った。

「あの様子では、ろくに動いてはくれないでしょうね」

それは仕方ない。代官所はあまりに人数が少ないし、もともと人を捜すための役所ではない。人を捜す能力もない。

重兵衛は心中深くうなずいた。

ここは自分がやるしかない。

あと一歩で間に合わなかった。そのことが胸に重く残っている。

「重兵衛さん、いかがされました」

お阿佐が顔をのぞきこんでいる。息をつくようにそっといった。

「なにか決意をされたお顔です」

第四章

一

「まったく意味もなくでけえ家だな」

惣三郎はつぶやいた。

眼前に、六つ七つの部屋は優にある家が建っている。ていねいに細工がされた格子戸が美しい。

「やくざ者の戸口に、こんなに出来のよい細工が必要なのか」

「とにかく儲かるんですねえ。まったくうらやましくなりますよ」

善吉もしげしげと見ている。

「馬鹿。やくざ者をうらやましがってどうすんだ」

「だって、あっしはとてつもない貧乏ですからね。今月なんか、もうほとんどすっぽんぽんですよ」

惣三郎はずっこけそうになった。

「おめえ、それをいうなら、すっからかんだろう」

「ああ、さいですかい。旦那は言葉をよく知ってますね」

「おめえが知らなさすぎるんだ」

惣三郎は格子戸に手を当てた。錠がおりている。

「おい、あけろ。御用だ」

庭の向こうに建つ母屋に向かって、声を張りあげる。

二人のやくざ者が出てきた。惣三郎を見て目をぎらつかせた。

「どんな御用ですかい」

「雷作に話がある。いるんだろう。ここをあけろ」

「うかがってきますから、しばらく待ってもらえますか」

「早くしな。早くしねえと、蹴破るぞ」

やくざ者が一人残り、もう一人が母屋に姿を消した。

すぐに駆け戻ってきた。

「お待たせしました。親分はお会いになるそうです」

「当たりめえだ。俺の用事より先にやらなきゃならねえ用事なんて、やくざ者にあるはずがねえ」

惣三郎と善吉は奥座敷に導かれた。いい香りがする畳に二人してあぐらをかく。

雷作がやってきた。正座をする。ちんまりとして、七福神かなにかの置物のようになった。

「おめえ、ちっこいな」

惣三郎は雷作を見据えていった。

「この善吉もたいがい小せえが、それ以上だな。その小ささで、たくさんの子分どもを束ねているなんざ、なかなかできることじゃねえ」

「子分どもを束ねるのに、体の大きさは関係ありませんや」

それをきいて、惣三郎はにやりとした。

「肝《きも》の太さかい」

「そういうこってすよ。それで旦那、今日はなんの用ですかい。その暑苦しい顔を二度も目にするのはこの時季、けっこうつらいものがありますよ」

ふふん、と惣三郎は笑った。

「おめえ、肝の太さを見せたつもりか。だが、俺を怒らせるんじゃねえぞ。あまりいいことは起きねえからな」

さいですかい、と雷作がおもしろくなさそうにいった。

「俺たちの用事というのは、おめえが薬屋を乗っ取ったという話をきいたからだ」

「ほう」

ほんのわずかに白い眉が動いた。

「誰からきいたんですかい」

「悪党だ」

「口の軽いやつがいるんですね」

「本当のことなんだな」

へっ、と唾を吐くように雷作が息を漏らした。

「どうせ旦那は、本当のことだと確信しているんでしょう」

「まあな」

惣三郎は顎をひとなでした。

「雷作、おめえ、こないだ俺が来たときより、余裕をかましてやがるな。なにかいいことでもあったのか」

「別になにもありませんや」

「俺の目をごまかせると思っているのか」

「そんなことは思ってやしません。本当になにもありませんから」

「さて、どうかな」

惣三郎はじっと見た。地の底を思わせるような暗い目が見返してくる。

惣三郎は、地獄の入口を見ているような気すらした。このあたりの薄気味の悪さが、子分たちをまとめる大きな力になっているのだろう。

「おい、あのときの騒ぎはなんだったんだ」

「騒ぎってなんです」

「とぼけるな。腹を刺された男がいただろうが」

「ただの内輪もめですよ」

「誰が刺した。そいつを御上に差しだしな。徹底して吟味してやるから」

「すみません。そいつには逃げられたんですよ。八方、手を尽くしているんですが、見つかりません。見つかったら、必ず御番所に連れていきますから」

「ふん、嘘ばっかりこきやがって」

惣三郎は鼻毛を抜き、雷作に向かってふっと吹いた。これには雷作ではなく、あけ放たれた腰高障子の向こうの部屋にいる子分と用心棒がいきり立った。

惣三郎はねめつけた。雷作がやめとけ、とばかりに手で押さえる。それで子分たちは浮かせた尻を畳に戻した。

惣三郎は視線を雷作に当てた。

「あの刺された男、然軒先生のところから連れだされたそうだが、ちゃんと生きているのか」

「もちろんですよ。じきに本復します。ずいぶん元気になりましたよ」

ちっ、と惣三郎は舌打ちした。

「なんだ、ちょうど屑がこの世から一人減るところだったのに」

雷作が暗い目をあげてきた。惣三郎は笑いかけた。

「気に障ったか」

「まさか」

「おい。あの刺された男。実は今回の一件に絡んでいるんじゃねえのか」

「なにをいっているんだか、あっしにはさっぱりですよ」

「乗っ取ったのは、主人の耄碌につけこんだそうじゃねえか。証文を書き換えさせたそうだな。まったく悪党にもやり方があるんだろうに、ひでえもんだ」

「法度《はっと》には触れてませんぜ」

「そのようだな。だが、そのうちとっつかまえてやる」

雷作が薄く笑う。

「できませんよ」

惣三郎は笑い返した。

「さて、そうかな」

立ちあがった。雷作を見おろす。さらに小さく見えた。

「雷作、やっぱり背が縮んだな。それも死相のあらわれだぜ」

いい捨てて、惣三郎は部屋をさっさと出た。善吉がついてくる。

格子戸を抜け、路上に立った。

「旦那って、すごいですねえ」

「なにが」

「あの雷作ってじいさんにあそこまでいえるんですから」

「死にかけじゃねえか。怖くもなんともねえよ」

「すごいですねえ。肝っ玉の太さは、この世で一番じゃないんですかい」

「そんなことがあるわけねえ」

そうはいってみたものの、惣三郎はなかなか気分がよかった。

「というより、旦那は、肝っ玉をもともと持っているんですかい。生まれたとき、おっかさんの体に忘れちまったんじゃないんですかい」

惣三郎はしみじみと善吉を見た。

「そういうことをいえるおめえが、肝っ玉の太さでは一番だよ」

「さいですかねえ」

善吉が鼻の下を指先で自慢げにこする。

「別にほめたんじゃねえが、まあ、いいか」

「旦那、なに、独り言、いってるんですかい」

「独り言をいうようになったら、人間、しめえか」

「まあ、さいですね。旦那は厄年ですから、もう終わっていますけどね」

またいいやがった。惣三郎はにらみつけたが、善吉はどこ吹く風だ。叱りつける気力もなくなった。

「旦那、それで次はどこに行くんですかい」

「雅心堂《がしんどう》だ」

「なんですかい、それは。お菓子の名ですかい。かりんとうの仲間みたいですけど」

惣三郎はがくりときた。

「おめえ、番所を出るときに雅心堂のことは話しただろうが。もう忘れちまったのか」

善吉がぽかんとする。

「ああ、さいでしたね。薬屋の名でしたね」

まったく、と惣三郎は舌打ちした。どうして俺はこんな馬鹿を使ってるんだ。

「それでいま、そちらに向かっているんですね」

「ああ、そうだ。善吉、どこにあるかも教えたよな」

「ええ、あっしは覚えていますよ。麻布広尾町《ひろおちょう》です」

「ほう、おめえの割によく覚えていたな。拍子抜けするぜ」

「でも、あのあたりは田畑も多くて、まわりは武家屋敷ばかりじゃないですか。あんな田舎《いなか》で商売になるんですかい」

「物がいいからな」

「雅心堂は、どんな商品を扱っているんですかい」

「一番有名なのは、龍尾丸《りゅうびがん》という薬だな。それ一本でやれるほど、よく売れている薬だ」

「よそでは売っていないんですかい」

「薬の調合など、いろいろ秘密があるんだろう」

「雷作のじじいが雅心堂を乗っ取ったということは、その調合もわかってしまったってことですね」

「そういうことになるな」

悔しいが、惣三郎は認めざるを得なかった。

「しかし善吉、それだとおかしなところが出てくる」

「なんですかい」

「雷作が偽薬をつくろうとしたことだ。それがどんな薬なのか、まだわからねえところがつれえんだが」

善吉が少し考える。

「そうですねえ。そんなにいい薬を手に入れたんなら、わざわざ危険を冒して偽薬をつくる必要はありませんものねえ。龍尾丸を売っていれば財をなせますから」

惣三郎と善吉は麻布広尾町にやってきた。

「ここかい」

立派な建物だ。金がかかっているのが一目で知れる。奉公人はふだん通りに働いているように見えた。

「どうしてこんないい店が乗っ取られちまったんだ」

惣三郎はつぶやいた。

「とにかく話をききましょう。旦那、すべてはそれからですよ」

「てめえ、なにをえらそうにいってやがんだ。ぶん殴るぞ」

すみません、と善吉が素直に頭を下げたから、振りあげた拳の行き先がなくなった。とりあえず下におろす。

二本の紐で固定された幅広の暖簾をくぐり、店の雰囲気をまず見た。雷作の息のかかった者は来ていないようだ。

それは、奉公人たちの顔色と動きでわかった。もしやくざ者がいれば、どこかおびえた色が顔に出たりするものなのに、誰もが平静だからだ。

惣三郎は訪いを入れた。

それに応じて、番頭が出てきた。

雷作のことで話をききてえ、と用件を率直に話す。番頭の顔が氷でも当てられたようにこわばった。

惣三郎と善吉は奥の間に通された。

「どうして雷作さんが、偽薬をつくろうとしているか、ですか」

番頭が首をひねる。

「それはよくわかりません。手前どもにはなんの話もきていませんから」

番頭は嘘はついていないようだ。目が泳いだりしていない。

「これまで通り、熱心に働いてくれればよい、といわれています」

そうかい、と惣三郎はいった。

「上の者が代わっても、おめえたちはかまわねえんだな」

「いえ、そのようなことはございません」

番頭が小声で否定する。

「やはり旦那さまと一緒にやるのが一番でございます」

「いってえどうしてこの店は乗っ取られちまったんだ」

「旦那さまが耄碌し、どうしてか店の証文を風呂敷包みに入れて持ちだしたのでございます。それをどこかに置き忘れてきてしまったのです。手を尽くして必死に捜しまわりましたが、見つかりませんでした」

「ほう、そんなことが」

「その後、旦那さまは幾度か一人で他出をされました。手前どもはそのたびに供をつけたのですが、旦那さまは鬼ごっこでもしているかのように撒いてしまうのです。そんなことが何度か繰り返されたある日、雷作さんが乗りこんできて、今日からこの店はわしのものになったと宣したのでございます。寝耳に水とは、まさにあのようなことをいうのでございましょう。いやはや驚きました」

「証文は雷作の手に渡っていたんだな」

「はい。驚いたことに、証文の名義も雷作さんになっていたんです」

どうやったか、考えるまでもなかった。

「一人で他出し、供を撒いたあるじを家に引っぱりこんだんだな。それで名義を書き換えさせた」

そういうことにございましょう、と番頭は悔しげにいった。

「なんとかならないのでございましょうか」

「今のところはな」

さようでございますか、といって番頭が下を向く。

「龍尾丸の売上は、この店のほとんどを占めているのか」

「はい、さようにございます」

「じゃあ、雷作の懐にたっぷりと金が流れているんだな」

「いいえ、それがそういうことではないのでございます」

番頭が一転、うれしそうにいった。

「どういうことだ」

「いま龍尾丸はつくっていないからでございます」

「つくっていねえってのは、どういうわけだい」

番頭が唇を湿す。

「調合がわからないからでございます」

「おめえは知らねえのか」

「一番番頭といえども、調合法は知らされていませんから」

「誰が知っているんだ」

「旦那さまです」

「ほかには」

「婿の栄三《えいぞう》さんにございます。一子相伝をかたく守っていますから」

「その婿はいまどうしている」

「逃げだしました」

「なんだと」

惣三郎は腰をあげかけた。善吉は目をみはっている。

番頭は痛快そうな顔つきだ。

「雷作さんに調合法を与えるのがいやで、逃げだしたのでございます」

「ほう、やるな」

「残念ながらご新造だったお嬢さまは若くして亡くなってしまいましたが、栄三さんは大の女好きで、手前などはどうしてあんな人を婿に入れたのか、旦那さまの心がわからなかったのでございます。栄三さんは、前身は医者の助手を務めていたそうにございます」

うむ、と惣三郎は相づちを打った。

「しかし、薬の調合はまさしく天才でございました。旦那さまは仕事に関しての信頼はひじょうに深く、女遊びは大目に見ていらっしゃいました」

「夫婦に子は」

「おりませんでした」

「栄三は旦那の跡を継いでいたのか」

「いえ、まだです。いずれ継がせるつもりでいらしたのはまちがいないのですが、旦那さまが耄碌されて……」

惣三郎は目を閉じた。頭のなかを整理しなければならない。

つまり、栄三だけが、秘中の秘である龍尾丸の調合の仕方を伝えられていることになる。

雷作の子分が刺された一件。あれは栄三にやられたのではないか。

雷作はいったんは、栄三の居どころをつかんだのだ。襲ったが、逆襲に遭い、逃げられた。

しかし、今日の雷作はこの前とちがい、余裕が感じられた。あの余裕はなんなのか。こういうことかい。惣三郎は唇を嚙み締めた。

栄三は、すでに雷作の手に落ちているのではないか。居場所を見つけ、今度は逃げられないように万全の手を打ったのではないか。

雷作は栄三を脅し、龍尾丸の調合法を手に入れようとしているのだろう。

もし龍尾丸が再びつくれるようになれば、かなりの儲けになるのはまちがいない。

栄三を手中にしたから、もう偽薬をつくる必要はなくなったのだ。もし栄三が見つからなかった場合に備えて、偽薬の準備をしていたのだろう。それが、この前の小悪党の耳に入ったにちがいない。

惣三郎は目をあけた。

栄三は今どこかに監禁されている。それは疑いようがない。

惣三郎は紙と絵筆を番頭に用意させ、番頭や手代から話をきいて、栄三の人相書を描きはじめた。

描きはじめてすぐに、あれ、と思った。

「どうかしましたかい」

「おかしいな」

筆を硯の上に置き、惣三郎は懐から人相書を取りだした。おしんのやっている小料理屋で描いた亭主の良三のものである。

それを番頭たちに見せた。

「あっ、栄三さん」

番頭が声をあげる。それからしげしげと惣三郎を見つめてきた。

「八丁堀の旦那が、どうして栄三さんの人相書をお持ちなんです」

二

柳河屋を離れるのは忍びがたかったが、今日も白金堂での手習はある。

手習子たちを犠牲にはできない。重兵衛はいったん白金村に戻ってきた。

居間に落ち着き、少し眠ろうと思ったが、目がさえて、駄目だった。

海に落ちたときのことを思いだす。塩辛かった。

降ってきた哄笑。はらわたが煮えくり返る。必ずつかまえてやるという思いを、重兵衛は新たにした。

朝餉分だけの飯を炊き、食した。この時季だけにたくさん炊くと、腐らせてしまうおそれがある。

腹ごしらえをしたら、急に眠くなってきた。手習がはじまるまで、あと半刻はある。この間、眠っておけばだいぶちがうだろう。重兵衛は横になり、目を閉じた。

次の瞬間、人の呼ぶ声に起こされた。女の声だ。

重兵衛ははっと飛び起きた。眠気が取れているのに気づく。

次の瞬間などではなかった。少し眠ったようである。

誰が来たのか。重兵衛は教場の戸口に向かった。

「あっ、お阿佐さん」

そこに立っていたのは、柳河屋の女将だった。身重の身で品川からやってきたのだ。

「どうしたんですか」

「お知らせがあってまいりました」

「あがってください」

「いえ、ここでけっこうです。じき手習がはじまるのでしょう」

「はい、さようですが」

お阿佐がわざわざ朝早くにやってきて、重兵衛に伝えようと思ったのは、飯盛女のおいとが依三のことで一つ思いだしたことがあったからだ。

「それはなんですか」

重兵衛はすぐさま問うた。

「ええ、依三さんがなじみにしていた飯屋のことだったそうです。心残りはそこのしらす丼を食べずに上方に行くことだな、といっていたそうです」

「しらす丼ですか」

「ええ、相模《さがみ》の海でとれたしらすを釜揚げし、それがたっぷりとのった丼だそうです」

「しらすというのはなんですか」

話が横道にそれるのを承知で、重兵衛はたずねた。お阿佐が、えっという顔になる。

「ああ、重兵衛さんは諏訪の出ですから、ご存じではありませんか。しらすというのは、鰯《いわし》の稚魚のことです」

「稚魚を食べてしまうのですか」

「ええ、美味ですよ」

「もしやちりめんじゃこのことですか」

「ちりめんじゃこは、干したものですから、ちょっとちがいますが、まあ、似たようなものですね」

お阿佐が咳払いをした。

「それよりもお店のことです」

「ああ、そうでしたね。依三さんがなじみにしていた店はどこの、なんという店なのですか」

手習を終えたのち、重兵衛は麻布広尾町に向かった。

手習の最中、気が焦って仕方なかったが、それを手習子たちに覚られないようにするのもたいへんだった。

もっとも、鋭いお美代には見破られ、お師匠さん、なにをそわそわしているの、ときかれた。またおそのちゃんのところに挨拶に行くの。

なんとかごまかしごまかしして、重兵衛は手習を終えたのだ。手習子たちに理由を話せば、こころよく手習を休むことを許してくれたと思うが、やはりあの子らを犠牲にすることはできないとの思いが頭をもたげ、いいだすことはできなかった。

「ここだな」

重兵衛は一軒のこぢんまりとした店の前に立った。路上に出ている看板には、飯、丼、と墨書されている。

建物を見あげた。屋根の下に看板がかかっており、そこには井筒屋《いづつや》と記されていた。

江戸に来てさほどときがたっておらず、重兵衛は道に不案内である。広尾町に来るまで、何度か人にたずねなければならなかった。誰もが親切に教えてくれた。

このあたりはさすがに人情に厚い町だけのことはある。以前、作之助が嘘の道を教えられたと憤慨していたが、あれはやはり地理や地勢を見抜く能力に欠けているだけのことだろう。

井筒屋の戸は閉じられている。暖簾もかかっていない。どうやら休憩中である。夕方、またひらくのだろう。

今は八つ半といったところだ。ひらくのは七つか。それまで待ってはいられない。あまりに時間がもったいない。

重兵衛は戸を叩いた。応えはない。かまわず戸を横に引いた。手応えはろくになく滑っていった。

「すみません」

「あの、七つからなんですが」

そんな男の声が奥からきこえた。

「あの、お尋ねしたいことがあって、まいりました。お休みのところ申しわけありませんが、少しよろしいでしょうか」

「はい、はい、なんでしょう」

奥から、こざっぱりした格好の男が出てきた。頬がこけて、唇が突きだしている。目がぎょろりとしているところが、なぜか練達の料理人というものを感じさせた。歳は六十をいくつかすぎているだろう。頭が着ているものよりずっと白い。この店のあるじにちがいなかった。

縦長の土間に、二つの長床几が置かれている。あとは、小上がりが四つあるだけの狭い店だ。甘辛い醬油のいいにおいがしている。仕込みの最中のようだ。

「お忙しいところ、すみません」

あるじが、ふふ、と笑った。

「お休みのところといったり、お忙しいところといったり、忙しいのは、おまえさんのほうじゃないかね」

歯切れのよい江戸弁でいった。

「はあ、すみません」

「別に謝る必要はないんだよ」

あるじがやさしくいう。

「それで、ききたいことというのは、なにかな」

「はい。この人のことでお話を伺いたいんです」

重兵衛は懐から一枚の人相書を取りだし、あるじに見せた。これは昨日、柳河屋から帰る前に、重兵衛自身が描いた依三の人相書である。おいとやお阿佐の意見も取り入れて、描きあげたものだ。

「ああ、栄三さんじゃないか。こんなのを描いてあるということは、おまえさん、栄三さんを捜しているのかい」

「この人は、えいぞうさんというのですか。どんな字を当てるのですか」

あるじが懇切に教えてくれた。

「栄三さんですか。こちらにはよく食べに来ていたのですね」

「ああ、しらす丼が大好きでね。あれは季節もんだから、いつもあるってわけじゃないんだけど」

「栄三さんですが、こちらの近くに住んでいるのですか」

「ああ、そこの角《かど》っこにある雅心堂という薬屋の婿だよ」

「えっ、そうなのですか」

「ああ、そういえば最近、来ないなあ。姿を見かけないね。栄三さん、なにかあったのかい」

あるじに礼をいって、重兵衛は井筒屋をあとにした。雅心堂に足を運ぶ。

店はすぐに知れた。紐で固定してある大きな暖簾を入ろうとしたとき、なかから黒羽織の男が出てきた。

それが惣三郎だったから、重兵衛はびっくりした。惣三郎のうしろには善吉が控えている。

「なんだ、重兵衛。どうしてこんな田舎にいるんだ。ああ、もっとも白金村はもっと田舎だな」

「河上さんこそ、どうしてこの店に」

「まあ、ちっとあるんだ」

「ああ、そうだ。この前は、ありがとうございました。その後、お礼にも行かず、失礼しました」

重兵衛は腰を折った。

「そんなのはどうでもいいんだ。俺と重兵衛の仲じゃねえか」

惣三郎が穏やかな目で見つめてきた。

「重兵衛、龍尾丸を買いに来たのか。だが、ここでは売ってねえぞ」

「いえ、薬を求めに来たわけではありません。ちょっと話をききにまいったのです」

「どうして」

「人捜しをしているんです。この人です」

重兵衛は人相書を惣三郎に見せた。善吉ものぞきこむ。

「あれ、こいつはこの家の婿の栄三じゃねえか」

惣三郎が懐に手を突っこみ、一枚の紙をつかみだした。

「ほれ、これだ。俺が描いたものだ」

うまい、と重兵衛はまずそのことを思った。惣三郎は絵の才がまちがいなくある。人物が生き生きとしている。

それにくらべれば、自分の人相書はただの絵にすぎない。人物を描ききれていない。

「どうして重兵衛、この栄三を捜しているんだ」

重兵衛はわけを語った。

「重兵衛、そいつを先にいえ。栄三は品川の旅籠からかどわかされたのか。力ずくでさらわれたんだな」

「はい、まずまちがいなく」

惣三郎の瞳がきらりと光を帯びる。

「これでやつをお縄にできるかもしれねえ」

「やつとは」

「悪いやつだ。雷作といってな、やくざの親分だ」

惣三郎が、欅《けやき》の大木の下で店をひらいている一軒の茶店に目をとめた。

「重兵衛、ちょっとあそこで涼みながら、話をしようや。ここは暑くて仕方ねえ」

午後も遅くなってから、急に陽射しが強くなっていた。風も湿り気を帯び、雨を呼びそうな気配があった。

重兵衛たちは長床几に腰をおろした。

「日がさえぎられると、ほっとするな」

惣三郎が茶と団子を三人前ずつ頼んだ。気のよさそうな顔をした小女が、ありがとうございます、といって奥に去ってゆく。

茶と団子はすぐにもたらされた。

茶を喫し、団子を頬張りつつ、重兵衛は惣三郎から話をきいた。

おかげで、どういうからくりによって栄三が品川からかどわかされたのか、理由が知れた。

「それにしても品川にいたのか」

惣三郎が疲れたように息をつく。

「栄三のなじみの宿は、その柳河屋だったのかな。おそらくそいつを雷作側に知られたんだろうな。俺たちが先んじることができれば、栄三の身柄を押さえることができたんだろうが、そうは問屋が卸さねえな。なかなかうまくいかねえもんだ」

惣三郎が目をあげ、重兵衛を見た。

「これからどうするんだ」

「栄三さんを捜しだしたいと考えています」

やめとけ、と惣三郎がいった。

「それは俺たちの仕事だ。まかせておけばいいさ」

「しかし――」

「俺たちが信用できねえか」

「そんなことはありません。河上さんは、御番所のなかで最高の腕利きだと手前はひそかに思っています」

「ひそかにかい。公然と思ってくれてかまわねえんだぜ」

それでもほめられて惣三郎はうれしそうだ。このあたりの気のよさが、重兵衛は特に好きだ。

「とにかくよ、栄三はどこかに監禁されているんだ。その場所を調べあげるってのは、多分、そんなに手間じゃねえ」

このあたりはさすがとしかいいようがない。

「河上さん、お願いがあります」

威儀を正して重兵衛は頼みこんだ。

わかってるよ、といって惣三郎が肩をばしんと叩いてきた。

「もし栄三の居どころがわかったら、必ずつなぎをくれろ、というんだろ」

「はい、その通りです」

「わかっているさ。重兵衛、安心しろ」

力強くいって惣三郎が言葉を続ける。

「それに、やくざ者どもを相手に捕物となったとき、重兵衛ほどの遣い手が助勢してくれるとなれば、こちらも安心の度合がちがう。腕利きの用心棒もいる。それになにしろ、やつらにはときおり本物の命知らずがいやがるからな。ああいうのには、ほんと手を焼くんだ」

三

惣三郎は栄三の監禁場所を調べる前に、親分の雷作のことを調べた。そちらのほうが、栄三がどこにいるか突きとめるのに、近道ではないかと思えたからだ。

雷作は一家の跡取りとして生まれ、そのままなにごともなく、当たり前のこととして親分になった。それがちょうど三十年前のことで、雷作が二十七のときである。

「あの親分、へえ、五十七ですかい。ずいぶんと老けてますねえ。旦那以上ですね」

あわてて善吉が口を押さえる。

「いいえ、あっしはなにもいってませんよ」

「しっかりときこえたぜ。善吉、今さらいっても遅《おせ》えんだ」

すみません、と善吉が謝る。

「ほう、最近はずいぶんと素直だな。雪でも降るんじゃねえのか」

「さすがに梅雨の時季に、雪というのは無理でしょうねえ」

「だったら、霰《あられ》くらいはあるか」

「ああ、そのくらいならあるかもしれませんねえ。ところで霰と雹《ひょう》のちがいってなんなんですかい」

「なんだ、おめえ、そんなことも知らねえのか。無学もここに極まれり、だな」

「そんなこといいますけど、旦那は知ってるんですかい」

当たりめえだ、と惣三郎は昂然と答えた。

「いいか、善吉、教えてやるから耳をかっぽじってよくきけよ。雹のほうがかたくて、でけえんだ。霰のほうが若干小さくて、少しだけやわらけえ。霰は、雪と雹のあいだみてえなもんだ」

「へえ、そうなんですかい。初めて知りましたよ」

「これまでいろいろ教えてきたが、初めて知りましたよ、以外の言葉がおめえからはまったく出てこねえな」

「悪うございましたね」

「気を悪くしたか」

「いえ、そんなことはありませんよ。旦那の口の悪いのには、もう慣れっこですから」

「おめえに悪いから、たまには口の悪いのを封印するか」

「ほんとですかい」

「ほう、おめえ、封印の意味がわかってるみてえだな」

「当たり前ですよ。旦那、ほんとに口の悪いのを封印するんですかい」

「しねえよ。めんどくせえ」

なんだ、さいですかい、と善吉が落胆する。

「ところで旦那、おしんさんに栄三さんの話をききに行かずともいいんですかい」

「かまわねえだろう。あの女は良三と名乗っていた栄三がどこにいるか、知っちゃあいねえ。それに、偽名を使われた時点で、おしんには悪いが、栄三の気持ちがあの女になかったのがわかる。話をききに行っても、なにも得られねえだろうよ」

さいですよねえ、と善吉も同意してみせた。

「かどわかされたと告げるのも、つれえからな」

そんなことを話しながら歩いていると、横合いから声をかけられた。

「八丁堀の旦那」

はっとして見やると、おしんが立っていた。今日も蔬菜の籠を背負っている。

「亭主は見つかりましたか」

期待が瞳に宿っている。

「いや、まだだ。すまねえ」

そうですか、といっておしんがうつむく。

「だが、ちょっとは前に進んでいる。きっと見つけだせるはずだ」

「あの旦那、前にお会いしたとき、人死にを先に調べるということをおっしゃっていましたけど、そちらはいいんですか」

「うん、そっちももちろんやっているさ」

惣三郎はおしんの前に立った。小娘のようなつぶらな瞳が見あげてくる。

「亭主は必ず見つけてやる。だから安心して仕事に励みな」

「はい、ありがとうございます」

おしんが深々と辞儀する。蔬菜がこぼれそうになって、惣三郎と善吉はあわてて籠を押さえた。

「すみません」

おしんが用心して腰を折る。

「謝る必要なんてねえよ」

「じゃあ、これでな」

惣三郎は手をあげた。善吉がおしんに会釈する。

二人は道を歩きだした。

「旦那、びっくりしましたね」

「ああ、噂をすれば影ってのは、本当にあるな」

「噂をしていると、その人を呼んでしまうんですかね」

「それよりも、その人が近づいてくる気配というものを、人のどこかが感じ取って、それが言葉として出てくるってことじゃねえのかな。俺のこれまでの人生では、そんなふうに思える」

「なるほど、旦那のこれまでの四十二年間では、そういうことなんですか」

この野郎、またいいやがったな。

「おめえ、わかっていて、わざといってやがんだろう」

「なにがです」

「俺のことを四十二だということだ」

「ああ、さいでしたね。旦那は三十五でした。どうもこれまでの癖で」

へへへ、と善吉が愛想笑いをする。

「まったく、しようがねえ野郎だ」

それからさらに雷作のことを惣三郎は善吉とともに調べた。

雷作の一家を目の敵にしているやくざの一家に話をききに行って、一つ大きな収穫を得た。

雷作が以前にも、一軒の商家を乗っ取ったことが知れたのである。

こちらはせがれを博打にはめて多大な借金をこさえさせ、店の証文を持ちださせて、名義の書き換えを行い、自分のものにしたというものだ。餌食にされたのは、繁盛していた油問屋だった。

もうとっくにその店は売り払ってしまったという。あの野郎、莫大な利益を手にしたはずですぜと、その親分はいまいましげにいうのだった。

「売り払ったといっても、向島《むこうじま》の別邸はやつの気に入りですからね、まだきっと残してあるはずですぜ」

「別邸というのは」

「油問屋のあるじが持っていたお屋敷ですよ。向島でもかなりいい場所にあるってききましたよ。はらわたが煮えるだけだから、あっしは見に行ったこと、ありませんけど」

乗っ取られた油問屋は賀茂屋《かもや》といったそうだ。賀茂屋のことを調べたら、別邸の場所はあっさりと知れた。

「向島の北のほうだ。栄三をかどわかした賊は品川に船であらわれたそうだが、考えてみりゃ、向島なら大川をくだって海に出ればいい。地の利はあるぜ。重兵衛によれば、十人くらいは乗れる船だったということだから、川も海も両方とも行ける代物だろうぜ」

なるほど、と善吉が相づちを打った。

「旦那、行きますかい」

「おめえ、ずいぶんと張り切ってるじゃねえか」

「血を吐いて死んだ仏さんの顔が浮かんできましてね」

「血を吐いた二人は、別に雷作に殺されたわけじゃねえが、いいってことにしよう」

善吉がうれしげにする。犬ならしっぽを振りに振っているところだろう。

「旦那、やさしいですねえ。このところ、あまり殴らなくなったし」

「おめえは大事な中間だ。おめえがいなくなったら、仕事に障りが出る。やさしくするのは、当たりめえだぜ」

「ありがとうございます。旦那、本当に向島に行きますかい」

「ああ、そのつもりだ。なんだ、おめえ、いやになったのか」

「そういうわけじゃないんですが、だいぶ暗くなってきたなあ、と思って」

善吉があわてて首を振る。

「いえ、とらわれている栄三さんのことを考えれば、暗さがいやだとかいってる場合じゃありませんね」

「おめえ、暗いのが怖いのか」

「あれ、旦那、知りませんでしたか」

「ああ、初耳だ」

「さいですかい。とにかくあっしは暗いのが駄目なんですよ。闇には至るところに物の怪《もののけ》がひそんでますからねえ」

「物の怪ねえ」

「旦那には見えないんですか」

「おめえは見えるのか」

「ときおり」

「ほんとかい。どんなのがいるんだ」

「怖い顔した旦那みたいなやつです」

「それは物の怪じゃなくて、本物の俺じゃねえのか」

善吉が首をひねる。合点したようにいう。

「ああ、そうかもしれません。旦那の顔は夜になって、食い物屋や飲み屋などの灯りを浴びると、ものすごく怖くなりますから」

相手にしているのも馬鹿らしくなった。惣三郎は道を向島に取った。待ってくださいよ、とあわてて善吉がついてくる。

一刻ばかりかかって、向島にようやく着いた。

「向島って、旦那の縄張からえらく遠いんですねえ」

「ああ、文句をいいたくなるな。別邸をこんなところに建てるんじゃねえ、もっと近くにしろって」

もうすっかり暗くなっていた。闇があたりを支配している。

惣三郎はすぐさま探し当てた。このあたりは毎日、江戸の町を歩きまわっているから、なにがしかの勘が働く。

別邸は背の高い竹垣に囲まれていた。暗さもあって、なかはまったく見えない。敷地は優に三千坪を超すだろう。

「しかし、これじゃあ、栄三がいるかどうか、確かめることができねえな」

「旦那、もういいじゃありませんか。帰りましょう。帰って重兵衛さんにこの別邸のことを伝えましょう」

「だが、栄三がいるかどうか、どうしても確かめてえ」

「そんな必要があるんですかい」

「あるさ。重兵衛だけじゃなく、この前みてえに捕り手を連れてこなきゃいけねえ。なにしろやくざ相手だからな。そのとき、栄三がいなくて、番所の者たちに空足を踏ませるわけにはいかねえ」

それはそうなんでしょうけど、と善吉が悲しげにいった。

「だって、旦那は一人、忍びこもうとしているんでしょ。危ないですよ」

「おめえ、ついてくる気はねえのか」

「えっ、あっしも行くんですかい」

「俺とおめえは主従みてえなもんだ。あるじに家来がくっついてくるのは、当然のことだろう」

「本当にあっしも行くんですかい」

「いやなら、別にかまわねえよ。俺だけで行くから」

「いえ、あっしも行きます」

決意をあらわに善吉がいった。

「旦那を一人で行かせるわけには、いきませんよ」

「調子のいい野郎だ。さっきまで俺を一人で行かそうとしていたのに」

「今は心変わりをしました」

惣三郎はがくりときた。

「おめえ、それをいうなら、心を入れ替えました、だ」

惣三郎は別邸のまわりを歩きはじめた。

「雷作の野郎、来てやがるのかな。来てると厄介だな」

「どうしてですかい」

「用心棒も一緒についてきているはずだからだ」

「ああ、二人いましたね。あいつら、遣い手なんですかい」

「雷作が、腕の立たねえのを雇うとは思えねえ」

「ああ、さいですね。となると、重兵衛さん並みの遣い手ですかね」

「そこまですごくはねえだろう。重兵衛みてえのは、江戸広しといっても、そうはいねえからな」

途中、がっちりとした門がついているところがあった。

「ここが表門かい。裏街道ばかり歩いてやがるくせに、表門なんてつくりやがって、ふざけてやがる」

この門から忍び入るつもりはない。惣三郎はそのまま歩き続けた。

ふと足をとめた。竹垣を見あげる。

「そこ、竹垣が薄くなってるな」

「ええ、なかがなんとなく透けて見えますよ」

母屋に加えて離れがあるらしいのが、闇のなか、うっすらとわかる。よく手入れのされた広い庭も、母屋の前にあるようだ。庭の向こう側の木々は、まるで森のように鬱蒼《うっそう》としている。

「すげえ屋敷だな」

「ええ、いつかあっしもこんな屋敷、持ってみたいものですよ」

「夢を持ち続けていれば、必ずうつつのものになるさ」

「えっ、まことですかい」

「ああ、この世ってのは、そういうふうにできてるもんだ」

「そりゃ、いいことききましたねえ」

「この屋敷にふさわしい人間になれば、向こうから寄ってくるさ」

「雷作がこの屋敷にふさわしい人間とは思えないんですけど」

惣三郎はにやりと善吉に笑いかけた。

「いいことというじゃねえか。そういうことだから、雷作はもうじきつかまって、この屋敷を手放すことになるのさ」

「そういうことですかい」

善吉が元気よくいう。

「馬鹿、声が高え」

「すみません」

へい、と善吉が声を殺して答えた。

「よし、善吉、行くぞ」

惣三郎は裾をからげた。善吉はもともと股引をはいており、その必要はない。

「よし、これでいいな」

惣三郎はまわりを見てから、竹垣のあいだに体を入れた。すぐに抜けた。善吉が続く。こちらもすっぽりと抜け出てきた。

二人は忍び足で別邸内を歩きだした。すぐそばが庭になっている。広い池があり、舟がつながれていた。舟遊びができるようになっているのだ。かすかに水音がするのは、どこかでわいているからだろう。

いや、そうではない。近くの川から流れてきているのだ。その川は、大川につながっているにちがいない。

「旦那は、栄三さん、どこにとらわれていると思っているんですかい」

「母屋だ。座敷牢みてえなところがあるんじゃねえのかな」

「座敷牢ですかい。怖いですね」

「おめえは怖いところだらけだな」

「母屋に忍びこむんですかい」

「やれたらな。だが、はなから無理をするつもりはねえ。危ねえ橋を渡る気はねえよ。心配すんな」

「もう十分に渡ってると思うんですけど」

善吉の弱音はきこえない顔で、惣三郎は母屋の背後に出た。気配を探る。

「よくわからねえが、ここに人がいるような感じはねえな」

「ということは、栄三さんはここにはいないんですかい」

「わからねえ。俺が気配を嗅いでも、当てにはならねえからな」

「じゃあ、帰りますか」

「いや、このままじゃ帰れねえ。忍びこむ」

「やっぱり」

善吉ががくりとうなだれる。

母屋は雨戸など、閉められていない。腰高障子が並んでいる。どこからでも入りこめそうだ。

「よし、そこにするか」

惣三郎は、闇に浮かぶ腰高障子を指さした。

「どうしてそこなんですかい」

「なんとなくだ。濡縁があるのが、気に入った」

「なんか頼りない理由ですねえ」

「ほっとけ。だが、勘というのは、こういうときこそ当てになるもんだ」

惣三郎は濡縁にあがり、腰高障子に耳を当てた。人がいる気配は感じられない。

ごくりと息をのんだ。それが盛大な音に聞こえ、惣三郎は肝が冷えた。今にもまわりからやくざ者が殺到するのではないかと思えたが、別邸内は静けさを保ったままだ。

「さっきから蚊がうるさいですねえ」

善吉がささやき声でぼやく。

「かゆくて仕方ありませんよ」

「叩くなよ」

「へい、わかってます」

惣三郎は心を決めて、目の前の腰高障子をあけた。

隙間がひらく。闇が泥のように横たわっている。

やはり誰もいない。

ほっとする。汗が鬢を伝って、頬に流れてきた。

座敷だ。八畳間だろう。新しい畳のにおいがする。雷作は一月に一度は畳を替えているのではないかと思えるほどだ。

「よし、向こう側へ行くぞ」

惣三郎はいって、畳を歩いた。みしみしと音がする。消えてくれと思うが、その祈りがかなうはずもない。

惣三郎は襖の前に膝をついた。向こう側の気配を嗅ぐ。誰もいないような気がする。そう願っているだけかもしれない。

引手に手をかけ、襖を横に引く。音もなく滑った。一尺ほどあいたところで、顔をそっと突きだす。

ここも座敷だ。まるで大身の武家屋敷のように広い。こちらは十畳はありそうだ。立派な床の間が設けられている。

惣三郎は十畳間を突っ切った。うしろを善吉がそろそろとついてくる。また襖に突き当たった。

これも静かにあけた。

おっ。惣三郎は瞠目した。

半間ほど先に、牢格子が組んであるのが見えたからだ。

「座敷牢だぜ」

善吉にささやきかける。

「見ろ、やっぱりありやがった」

「さすがに旦那の勘は鋭いですね。でも、暗くてよく見えないですね」

「明かりがほしいな」

「でも、提灯をつけるわけには、いかないですものねえ」

惣三郎は四つん這いになって、牢格子に近づいた。

「栄三」

小声で呼んだ。

だが、なんの応えもない。

「栄三」

もう一度呼んだ。

「誰だい」

物憂げな声がした。

「町方だ。助けに来たぞ」

「ええっ」

畳をにじり寄る音がした。牢格子に両手がかかった。狭い隙間をめがけて、顔が突きだされる。

「わっ」

善吉が悲鳴のような声をあげた。

「怖いよお」

「馬鹿、大声をだすな」

「す、すみません」

惣三郎はあたりの気配をうかがった。そばで、人が起きだすような物音がきこえはじめた。

「まずいな」

「早く助けてください」

栄三が懇願する。

「しかしな――」

座敷牢の出入口は狭い。牢格子を切って一尺四方ほどの穴をあけ、そこに牢格子の扉をつけてある。がっちりとした錠がおりており、鍵がない限りどうすることもできそうになかった。

「旦那、鍵をあけられないんですかい」

善吉が必死の顔できく。

「そんな技なんかあるわけがねえだろう」

「悪党面なのに、どうしてそのくらいできないんですかい」

「誰が悪党面だ」

だが、こんなことをいい合っている場合ではなかった。いくつかの足音がもう間近に迫っている。

「栄三、必ず助けに来るから待ってろ」

惣三郎は思い切って告げた。ここで善吉ともどもつかまるより、次の機会を得るほうがいい。考えてみれば、つかまる前に斬られてしまうかもしれない。

「えっ、そんな」

牢格子を握る栄三の手に力がこもる。ぎし、という音がした。

「必ずだ。待ってろ」

惣三郎と善吉は座敷を出ようとした。

だが、一人の侍が立ちはだかった。抜き身を手にしている。雷作の家にいた二人の用心棒の一人だ。

やはり雷作はこの別邸に来ているのだ。

惣三郎は、すでに懐から十手を取りだしていた。

「野郎っ」

十手をかざして、用心棒に躍りかかった。この男さえ倒せば、光明が見えるはずだ。

だが、十手はあっさりと空を切った。同時に、腹に強烈な痛みを感じた。

「やられた。やられちまった」

息ができない。目の前が暗くなった。心がすうと闇に取りこまれてゆく。そんな感じがあった。

目を閉じて、惣三郎は畳の上に横たわった。

「旦那っ」

善吉の悲痛な叫びがする。

「起きてください」

無理だ。もう眠くてならねえ。

惣三郎はがくりと首を落とした。

四

あれから丸一日たったが、なにもいってこない。

惣三郎は約束を反故にするような男ではない。

栄三の居どころがわかったら助勢を頼む、と重兵衛にはっきりいった。

口にした以上、必ずつなぎをつけるのが、惣三郎という男だ。

それがないのだ。

気がかりでならない。

まさか惣三郎と善吉の身に、なにかあったのか。

しかし、と重兵衛は思う。まだ栄三の居どころを探しだせていないだけかもしれない。

重兵衛は惣三郎の顔を思いだした。自信たっぷりの表情をしていた。あれは、ときを置くことなく見つけだせると踏んでいる顔だろう。

やはりなにかあったのではないか。

心が波立って仕方ない。胸騒ぎというやつだ。

行くしかない。ちょうど今日、手習所は休みだ。

重兵衛は腰に刀を帯びた。これは柳河屋の番頭から借りたものだ。自分のへまで海に浸かってしまったが、中身はなんともなっていなかった。ほんの少し手入れをしただけで、もとの輝きを取り戻した。

重兵衛は白金堂をあとにした。真夏のような朝日が射しこんでくる。

まず、おそのの家を目指した。

おそのは重兵衛が来てくれたことをとても喜んだ。

その笑顔を見て、重兵衛の心は痛んだ。だが、惣三郎たちを放っておくわけにはいかない。

おそのに、自分がすべきことを語った。

おそのが目をみはる。

「河上さまと善吉さんの身になにかあった、と重兵衛さんは確信していらっしゃるのですね」

うむ、と重兵衛は顎を引いた。

「すぐにいらっしゃってください。そして、お二人を助けてあげてください」

おそのが懇願するようにいった。

「うむ、わかった」

「お二人にはまた、たらふくお酒を飲んでいただきたい。私、あんなにお酒を飲む人を初めて見ました。でも見ていて、とても気持ちよかった」

「わかった。田左衛門さんにお酒を用意していただくように頼んでおいてくれ」

承知しました、と答えるおそのを重兵衛は抱き締めたかった。その思いを目で伝えた。

おそのはわかってくれたようだ。頰を染めて小さくうなずいた。

「では、行ってくる。二人の無事な姿を、必ずおそのちゃんに見せるゆえ、待っていてくれ」

「重兵衛さん、くれぐれもご無事で」

重兵衛はにっこりした。

「俺は誰にもやられぬ。もはや一人ではないゆえな」

重兵衛は体をひるがえした。急ぎ足で田左衛門の家を出る。

土手道を歩きだした。

雷作という親分のことを徹底して調べるつもりでいる。惣三郎は雷作の手の者に栄三が連れ去られたと確信していたからだ。

おそらく栄三の居どころを突きとめた惣三郎は確証を得ようとして忍びこみ、とらわれの身になってしまったのではないか。つまり栄三のいるところに、惣三郎たちもいるということになる。

雷作一家の近所をうろつき、重兵衛は噂を集めた。

だが、うまいこと、栄三の居どころにつながりそうな話を得ることはできなかった。

方向を変えなければならない。

雷作のことを調べてみた。

一家の跡取りとして生まれ、父親の死後、そのまま跡を継いだ。

やくざ者の常として、女房はいない。だが女はいるようだ。子もなしているらしい。

これは、雷作一家から少し離れた町にある茶店できけた。話し好きのばあさんがきかせてくれたのだ。一家から距離を置いたところのほうが、やはり遠慮がない。

「あの親分、娘みたいな妾に孫みたいな子がいてさ、やっぱり心配なんだろうねえ、用心棒を常に置いているって話さ」

「用心棒か。どうやって雇われたのかな」

「やっぱり口入屋《くちいれや》じゃないのかね」

「そうか。やくざの親分も腕利きの用心棒を雇うには、口入屋を頼るのか」

「あんた、いい刀を帯びているけど、腕は立つのかい」

「まあ、悪くはないかな」

ばあさんが、けっけと笑う。

「ご謙遜だね。相当の遣い手だってのは、挙措《きょそ》からわかるよ。伊達に長く生きちゃいないからね」

重兵衛は笑顔で頭を下げた。

「これはお見それした」

「あんたはまだ若いからね、人が見えてくるのはこれからだよ。あんたも雷作親分に雇ってほしいのかい」

「できれば」

「だったら、山一屋《やまいちや》さんがいいんじゃないかね。雷作一家の子分が出入りしているのを見たことがあるから」

山一屋の場所をきいて、重兵衛は茶店を出た。

山一屋のあるじに、雷作一家が用心棒を求めていないか、きいてみた。

「今のところは求人はきていないですね」

実直そうだが、どこか油断ならない目をしているあるじが答えた。

「そうですか、それは残念」

「あと少しはやく来てくれたら、口があったんだけどね」

「どういうことです」

「用心棒をつとめていた人がぷいとやめてしまってね、そのあとを埋めるために、一人、腕利きがほしいっていわれて」

「その用心棒はどうしてやめたんですか」

「さあ。近所に住んでいるから、きいてみたらどうですか」

どこか面倒くさそうにいった。

用心棒の住まいをきいて、重兵衛は山一屋をあとにした。

用心棒は村石金右衛門《むらいしきんえもん》といい、貞市《さだいち》長屋というところに住んでいるのことだ。場所はすぐに知れた。

十四軒の店《たな》が路地をはさんで向き合っている長屋だ。右側のほぼまんなかの店が金右衛門の住む店である。重兵衛は訪いを入れた。

「はい」

女の声がきこえたから、びっくりした。男のやもめ暮らしだと思っていた。もっとも、やもめ、というのは昔は女を指す言葉で、男のことは、やもお、といったらしい。家守女に家守男か。

「どなたさまですか」

障子戸をあけたのは若い女だ。しかも美しい。瞳が濡れたようにしっとりとしている。

重兵衛は名乗り、金右衛門どのにお会いしたいのですが、といった。

「父はいま出かけております」

「さようか」

「医者に行っているのです」

「病ですか」

「あの、興津さまは父上の友垣でいらっしゃいますか」

「いえ、面識はありません」

娘が重兵衛の肩越しにちらりと視線を投げた。

「あっ、戻ってきました」

目がさらに輝きを帯びた。

金右衛門はやせた浪人だった。左足を引いている。怪我をしているようだ。

しばしのやりとりののち、重兵衛は店のなかに招き入れられた。

「ご用件というのは、雷作のことですかな」

金右衛門は不機嫌そうにいった。

「ええ、ちとあの男のことを調べる必要に駆られまして」

「ほう、なぜかな」

「どうも、知り合いがあの男にかどわかされたかもしれないのです」

「なんと」

金右衛門が姿勢を正す。

「そういうことならば、どんな質問にも答えよう。力になる」

「かたじけない」

重兵衛は頭を下げた。

「村石どのは、どうして用心棒をやめられたのですか」

ふん、と金右衛門が荒い息を吐いた。

「あの男、よりによって娘を妾に差しださないかと申したのだ。そうすれば、わしを高給で未来永劫雇い続けると申しおった。わしは娘を頼ろうとは思わぬ。これからも腕一本で稼ぐつもりだ。馬鹿にするなということで、わしはあの男のもとをやめてきた。本当は叩き斬りたかった。だが、娘を一人にするわけにはいかん。それであきらめ、あの男のもとを去ったのだ」

「用心棒というのは、雷作の家でされていたのですか」

「いや、いろいろだった。かどわかされた者がどこにいるのか、わかっておらぬのだな。

それならば、まちがいなく向島の別邸であろう。あそこはやつの気に入りよ。座敷牢もあるし、人を隠すのなら、あそこが一番じゃろうて」

道順をていねいに教えてくれた金右衛門が悔しそうに唇を噛《か》む。

「怪我さえしていなければ、わしもおぬしについてゆくのに」

「どうされたのです」

「慣れぬ人足仕事をして、足に石が転がり落ちてきた。よけそこねたんだ。わしも歳を取ったものよ。幸いたいしたことはなかったのだが、一月はなにもできぬ」

「かどわかされた者は必ず救いだします。ご安心くだされ」

重兵衛は長屋を出た。路地を歩いていると、足音が追ってきた。いいにおいが香る。

「興津さま」

振り返ると、先ほどの娘が立っていた。

「またこちらにみえていただけませんか」

重兵衛は黙って娘を見つめた。

「父があれだけ話したのは、久しぶりなのです。ふだんは無口な父がとても楽しそうだった。興津さまにはそういう力があるのではないかと勝手に思ったのです」

「承知した。きっとお邪魔しよう」

「よろしくお願いします」

娘が深々と辞儀する。よくしつけられていた。

母親はどうしたのか、ききたかった。だが、きっと亡くなったのだろう。だとすれば、口にできることではなかった。

「では、これで」

重兵衛は貞市長屋の木戸を抜けた。


金右衛門のいった通りの道を行くと、向島の風景の向こうに宏壮な屋敷が視野に入りこんできた。

あれだな。

肩に力が入る。

息をつき、力を抜く。こわばっていてはふだん通りの力をだすことはできない。

夜を待った。

梅雨の時季の長い太陽は、いやいやするようにゆっくりと舞台をおりていった。空に月はない。夜の到来とともに、厚い雲が空を覆い尽くした。星の瞬きも一つとして見えない。

重兵衛は竹垣の薄いところを見つけ、忍びこんだ。もしかすると、惣三郎たちもここから入っていったのかもしれない。

母屋の裏手にまわる。人の気配はほとんど感じられない。離れに誰かいるが、どうやら用心棒のようだ。

母屋にも人がいる。しかし声や物音はまったくしない。

ということは、母屋のほうではないか。惣三郎たちはきっと縛《いまし》めをされ、猿ぐつわをかまされているにちがいない。

重兵衛は腰高障子をあけて、母屋に入りこんだ。

人の気配を注意深く嗅ぎつつ、慎重に進んでゆく。

どこに座敷牢があるか、金右衛門にきいていたので、ときをかけることなくたどりつけた。

座敷牢の前には、二人のやくざ者が牢番としていた。百目ろうそくが二本、明々と燃えている。

すいと襖をあけて入りこんだ重兵衛は、素手で二人の首筋を殴りつけた。うめき声すら漏らさず、二人はぐったりとなった。気絶している。

重兵衛は座敷牢をのぞきこんだ。

三人いる。やはり両手両足に縛めをされ、口には猿ぐつわがあった。

三人は重兵衛を認めて、もがもがいっている。

「静かに」

人さし指を口に当てて、重兵衛はいった。

三人は静かになった。

重兵衛は顔をしかめた。栄三が手ひどく殴りつけられているのがわかったからだ。顔が腫れあがって、別人のようになっている。端整さは微塵もなかった。

牢格子には、がっちりとした錠がかかっている。

そいつをどうするのか、という目で三人が見ていた。

重兵衛は刀を抜いた。腰を落とし、上段に掲げた刀を一気に振りおろした。

なんの手応えもなかった。錠が真っ二つに割れた。畳に落ちる前に、重兵衛はすばやく左手で受けとめた。静かに畳に置く。

使ったのは地蔵割《じぞうわり》の秘剣である。刀を鞘にしまった。

戸をあけ、なかに入りこむ。三人の縛めと猿ぐつわを取った。

三人とも大きく息をつく。

「重兵衛、よく来てくれた」

惣三郎がうれしそうにいった。善吉は声が出ない様子で、泣きそうになっている。栄三は頼もしそうに重兵衛を見ていた。

「ただ者じゃないと思っていたんだよ」

「だいぶやられているが、大丈夫かな」

「このくらい、なんてことはないよ」

栄三という男は意外にたくましい。この分なら、あと数日は助けださずとも平気だっただろう。

重兵衛は三人を座敷牢の外にだした。

母屋を出て、庭を歩く。

「重兵衛、おめえ、船は操れるか」

「ええ、やれます」

諏訪湖に浮かべた舟から、よく投網を打ったものだ。

「じゃあ、あれで行こう。水が引きこまれているところを行けば、川に出て、大川にもいずれ出られるはずだ」

惣三郎が指さしたのは、庭の池に浮かぶ舟だった。

「刀で腹を打たれて、どうも本調子じゃねえんだ。力が入らねえ」

「大丈夫ですかい、旦那」

善吉が案じてきく。

「平気さ。時間がたてば治る。今がきついだけだ」

わかりました、と重兵衛はいった。

池をまわりこみ、三人を舟に乗せた。最後に乗りこみ、重兵衛は棹《さお》をつかんだ。

「行きますよ」

棹で静かに池の底を突いた。すい、と舟が水面を滑りだした。

池に水が引きこまれているところは、塀に四角い穴が切ってあった。狭かったが、なんとか通れた。

幅が三間ほどの川に出た。流れが少しある。楽に舟を操れるようになった。

そのとき別邸内で、わめくような声がきこえはじめた。

「牢番が気づきやがったようだな」

惣三郎が唇を嚙んでいる。

「急げ、重兵衛」

「わかりました」

重兵衛は棹を持つ手に力をこめた。

やがて大川に出た。ここからは櫓を使った。だが、あまり速さは出ない。所詮、舟遊び用の舟なのだ。

「追ってきましたよ」

善吉が叫び、指さした。

重兵衛は視線を向けた。

相手は十艘《じっそう》ばかりいる。すべてが猪牙舟《ちょきぶね》だ。船足が段ちがいで、あと百も数えるうちに追いつかれそうだ。

重兵衛は必死に漕いだ。だが、こちらの舟はまったく遅い。

もう追っ手とはほんの五間ほどになった。やくざ者が満載されている。三人ほど用心棒もいた。

「あいつめ」

惣三郎が用心棒の一人を憎々しげに見つめている。あの男にやられたのだろう。

「善吉さん、櫓を操れますか」

重兵衛はたずねた。

「少しなら」

「じゃあ、お願いします」

「重兵衛さんはどうするんですか」

重兵衛はにこっとした。

「まあ、見ててください」

櫓を善吉にまかせる。善吉がへっぴり腰で櫓を握る。

追っ手との距離はさらに縮まった。もう二間ほどしかない。

よし、行くぞ。

重兵衛は自分に気合を入れた。今回は品川のときのようなしくじりは許されない。

重兵衛は船縁《ふなべり》を蹴った。舟が大きく揺れたが、なんとか転覆せずにすんだ。善吉が川に落ちるようなこともなかった。惣三郎と栄三は船縁をがっちりとつかんでいる。

すでに重兵衛は最も近づいてきた猪牙舟に乗り移っていた。

わあ、とやくざ者どもが叫ぶ。重兵衛は刀を振るって次々に倒していった。軽く腕や足に刃を入れてゆくだけだ。命を取るつもりはない。男たちは身を躍らせて舟から姿を消してゆく。川面に水しぶきがあがり続ける。全員を倒し、重兵衛は次の猪牙舟に乗り移った。ここでもすべての敵を屠《ほふ》った。それからは舟に乗るすべての者を倒したら次の舟に跳び乗るということを繰り返した。義経《よしつね》の八艘飛びを上まわる十艘飛びである。

三人の用心棒も重兵衛の敵ではなかった。結局、最後に舟に残っているのは、重兵衛と惣三郎たちだけになった。ほとんどのやくざ者は猪牙にしがみついている。

舟にあがってこようとする者はいない。下手にあがれば、重兵衛の刀の餌食にされるのが、わかっているからだ。

雷作の姿はどこにもない。別邸で子分たちからの朗報を待っているのだろう。

それでも重兵衛にはやったという大きな喜びがある。品川でのしくじりが生きた。舟に乗り移るには、舟の動きを最後までじっくりと見なければならない。そのことをあのとき、身をもって知ったのである。


「重兵衛、雷作が本当に手に入れたかったのは、龍尾丸の調合法なんかじゃなかったんだ」

数日後、善吉を連れて白金堂にやってきた惣三郎がいった。

「どういうことです」

重兵衛はすぐさまたずねた。

「重兵衛、牛黄《ごおう》というのを知っているか」

「ええ、存じています。漢方薬としてよく用いられるものですね。確か、牛の胆石ときいたことがあります」

その通りだ、と惣三郎がうなずいた。

「牛黄は牛からほとんど取れねえこともあって、黄金より高価といわれてるらしい。龍尾丸には、この牛黄がふんだんに使われているんだそうだ」

「ほう、さようでしたか」

「その牛黄を、雅心堂のあるじの亮左衛門《りょうざえもん》はどこかに大量にしまいこんでいた。しかし、耄碌しちまったせいで場所がわからなくなっちまったんだ。在りかを知っているのは、跡取りの栄三だけだったんだ」

「では、それを雷作は狙ったのですね」

そういうこった、と惣三郎が満足げにいう。

「その牛黄の在りかは知れたのですね」

「栄三はちゃんと覚えていたぜ。これで龍尾丸は以前通りに売りだされるというもんだ。高価だが、助かる者も多かろう」

よかったですね、といって重兵衛はにこりとした。

「河上さん、体のほうは大丈夫ですか」

「ああ、もうなんてことねえぜ。この通りだ」

惣三郎が刀の峰で打たれた腹をどん、と叩いてみせた。

「あたたたたた」

体を丸めて苦しがる。

「だ、旦那、大丈夫ですかい」

惣三郎のうしろに控えていた善吉があわててのぞきこむ。

「で、でえじょうぶだ」

息も絶え絶えにいった。

「まったく相変わらずどじですねえ。旦那は学ぶってことを知りませんからね。困ったものですよ」

惣三郎が顔をあげ、善吉を見つめる。

「おめえ、俺にいうならいいが、そういうことをほかの者には決していっちゃならねえぜ」

「そいつはどういう意味です」

「言葉通りの意味だ」

善吉が首をひねる。

「旦那のいってることは、あっしにはさっぱりですよ」

「それは、おめえが馬鹿だからだ」

「旦那のほうがよっぽど馬鹿ですよ」

「なんだと」

まあまあ、と重兵衛は二人のあいだに割って入った。善吉に目を向ける。

「善吉さん、大活躍だったそうですね」

いやあ、といって善吉が鬢をかく。

「そんなこと、ありませんよ。あっしが雷作をとっつかまえたのは、たまたまですよ」

「しかし、大勢の捕り手が別邸に突っこんでゆき、そのなかで善吉さんが雷作をつかまえたのだから、やはり大手柄といってよいと思いますよ」

「そうですかね。あっしは旦那の仇を討とうと無我夢中だったんですよ。旦那がとらえさせてくれたようなものですよ」

惣三郎が目を潤ませる。

「おめえがそんなまともなことをいうなんて、うれしくて泣けてくるぜ。しかし、俺のおかげじゃねえよ。すべては重兵衛がお膳立てしてくれたからだ」

「いえ、手前はなにもしていませんよ」

「おめえはなんて、慎み深えんだ」

「旦那も見習ってくださいよ」

「おめえがいうな」

雷作は別邸において、子分たちの戻りを一人、待っていたとのことだ。まだ町奉行の裁きはくだっていないが、雷作や子分の主立った者はおそらく遠島になるという。死罪でないのは重兵衛には意外だが、考えてみれば雷作絡みの件で人死には一人も出ていない。裁きとしては、このくらいが妥当かもしれない。

半月後、無事に結納の儀は終わった。その頃には惣三郎も本復していた。

これで、重兵衛はおそのを妻に迎えるだけになった。

結納のあと重兵衛は、故郷の諏訪で暮らす母のことを考えた。

大好きな人と一緒になることを伝えなければならない。やはり、これはじかに伝えるべきだろう。

前にも考えたことではあるが、一度、故郷に戻る必要があった。

夕刻、重兵衛は北の空を見た。

きれいに晴れあがっていた。

本書は書き下ろしです。

中公文庫

手《て》習《ならい》重《じゅう》兵《べ》衛《え》
隠《かく》し子《ご》の宿《やど》

2010年4月25日　初版発行

著　者　鈴《すず》木《き》英《えい》治《じ》

発行者　浅海　保

発行所　中央公論新社
〒104-8320　東京都中央区京橋2-8-7
電話　販売 03-3563-1431　編集 03-3563-3692
URL http://www.chuko.co.jp/

印　刷　三晃印刷

製　本　小泉製本

Published by CHUOKORON-SHINSHA, INC.
Printed in Japan　ISBN978-4-12-205256-7 C1193

中公文庫既刊より

各書目の下段の数字はISBNコードです。978－4－12が省略してあります。

す-25-1
手習重兵衛　闇討ち斬
鈴木英治
手習師匠に命を救われた重兵衛。ある日、師匠が何者かによって殺害されてしまう。仇を討つべく立ち上がった彼だったが……。江戸剣豪ミステリー。
204284-1

す-25-2
手習重兵衛　梵鐘
鈴木英治
手習子のお美代が行方不明に。もしやかどわかされたのでは⁉ 必死に捜索する重兵衛だったが……。書き下ろし剣豪ミステリー。シリーズ第二弾！
204311-4

す-25-3
手習重兵衛　暁闇
鈴木英治
兄の仇を討つべく江戸に現れた若き天才剣士・松山輔之進。狙うは、興津重兵衛ただ一人。迫り来る危機に重兵衛の運命はいかに⁉ シリーズ第三弾！
204336-7

す-25-4
手習重兵衛　刃《やいば》舞《まい》
鈴木英治
手習師匠の興津重兵衛は、弟を殺害した遠藤恒之助を討つため厳しい鍛錬を始めた。ようやく秘剣を得た重兵衛の前に遠藤が現れる。闘いの刻は遂に満ちた。
204418-0

す-25-5
手習重兵衛　道中霧
鈴木英治
自らの過去を清算すべく、郷里・諏訪へと発った興津重兵衛。その行く手には、弟の仇でもある遠藤恒之助と謎の忍び集団の罠が待ち構えていた。書き下ろし。
204497-5

す-25-6
手習重兵衛　天狗変
鈴木英治
家督放棄を決意して諏訪に戻った重兵衛だが、身辺には不穏な影がつきまとう。その背後には諏訪家取り潰しを画策する陰謀が渦巻いていた。〈解説〉森村誠一
204512-5

す-25-7
角右衛門の恋
鈴木英治
仇を追いつづけること七年。小間物屋の娘・お梅との出会いが角右衛門の無為の日々を打ち破った。江戸に横行する辻斬りが二人の恋の行方を弄ぶ。書き下ろし。
204580-4

す-25-8
無言殺剣　大名討ち
鈴木英治
譜代・土井家の城下、古河の町に現れた謎の浪人。剣の腕は無類だが、一言も口をきくことがない。その男のもとに、恐るべき殺しの依頼が……。書き下ろし。
204613-9

す-25-9
無言殺剣　火縄の寺
鈴木英治
関宿城主・久世豊広を惨殺した謎の浪人は、やくざ者の伊之助を伴い江戸へ出る。伊之助は兄二人と再会を果たすものの、三兄弟には浪人を追う何者かの罠が。
204662-7

す-25-10
無言殺剣　首代一万両
鈴木英治
懸賞金一万両。娘夫婦の命を奪われた古河の大店・千宏屋は、身代を賭けて謎の浪人の命を奪おうとする。屈折した親心はさらなる悲劇を招く。書き下ろし。
204698-6

す-25-11
無言殺剣　野盗薙《な》ぎ
鈴木英治
突如江戸を発ち、中山道を西へ往く默兵衛・伊之助一行。その目的を掴めぬまま、久世・土井家双方の密偵も後を追う。一行を上州路に待ち受けるのは……。
204735-8

す-25-12
無言殺剣　妖気の山路
鈴木英治
中山道を西へ向かう音無默兵衛ら三人。難所続きの長旅の疲れで、足弱の初美は熱を出す。遅れる一行に、さらなる討っ手が襲いかかり、妖しの術が忍び寄る。
204771-6

す-25-13
無言殺剣　獣散る刻《とき》
鈴木英治
伊賀者の襲撃をかいくぐり、美濃郡上に辿り着いた音無默兵衛一行。そこに現れたのは、かつて默兵衛と死闘を演じた久世家剣術指南役・横山佐十郎だった。
204850-8

す-25-14
郷四郎無言殺剣　妖《あや》かしの蜘蛛《くも》
鈴木英治
音無默兵衛、西へ。目的地は京か奈良か。その行く手には、総がかりで迎え撃つ伊賀者たち。さらに謎の幻術師の魔手が。書き下ろし時代小説シリーズ、第二部開幕。
204881-2

す-25-15
郷四郎無言殺剣　百忍斬《ひゃくにん》り
鈴木英治
郡上の照月寺に匿われていた初美が出奔した。一方、奈良に進路をとった默兵衛・伊之助は、幻術師・春庵を擁する忍びたちの本国・伊賀を、突破できるのか。
204951-2

各書目の下段の数字はISBNコードです。978－4－12が省略してあります。

す-25-16
郷四郎無言殺剣 正倉院の闇
鈴木英治
奈良に入った黙兵衛こと菅郷四郎と伊之助は、側用人・水野忠秋がかつて正倉院宝物の流出により、巨富を蓄えていたことを知る。シリーズいよいよ佳境へ。
205021-1

す-25-17
郷四郎無言殺剣 柳生一刀石《いっとうせき》
鈴木英治
御側御用取次・水野忠秋による悪行の証拠を摑んだ黙兵衛のもとに、荒垣外記からの書状が届く。そこには「一刀石で待つ」と記されていた。シリーズ完結。
204984-0

す-25-18
手習重兵衛 母恋い
鈴木英治
侍を捨てた興津重兵衛は、白金村で手習所を再開した。村名主の娘おそのを妻に迎えるはずだったのが、重兵衛を仇と思いこんだ女と同居する羽目に……。
205209-3

す-25-19
手習重兵衛 夕映え橋
鈴木英治
ついに重兵衛がおそのに求婚。その余韻も冷めぬまま、二人は堀井道場に左馬助を訪ね、そこで目にした一振りの刀に魅了される。風田宗則作の名刀だった。
205239-0

う-28-1
御免状始末 闕所物《けっしょもの》奉行 裏帳合(一)
上田秀人
遊郭打ち壊し事件を発端に水戸藩の思惑と幕府の陰謀が渦巻く中、榊扇太郎の剣が敵を阻み、謎を解く。時代小説新シリーズ初見参！ 文庫書き下ろし。
205225-3

か-73-1
玄庵検死帖
加野厚志
動乱の幕末、検死官玄庵は江戸の吉原で起きた連続遊女殺害事件に巻き込まれてしまう。残忍な手口に怒りに燃えた玄庵が辿り着いた意外な犯人とは！
204652-8

か-73-2
玄庵検死帖 倒幕連判状
加野厚志
一橋慶喜から玄庵に下った密命。それは、清川八郎が遺した倒幕連判状を探すことだった。連判状の在処を巡って、罠にはめられた玄庵が東奔西走する！
204996-3

か-73-3
玄庵検死帖 皇女暗殺控
加野厚志
長崎で蘭医の勉強中の玄庵だったが皇女和宮降嫁に主治医兼護衛役として任命されてしまう。しぶしぶ了承した玄庵だったが、その裏には恐ろしい陰謀が⁉
205070-9